《彭阳文化丛书》编委会

彭阳文化丛书

诗歌卷

主编　马文山

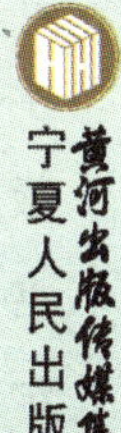

黄河出版传媒集团
宁夏人民出版社

图书在版编目（CIP）数据

彭阳文化丛书. 诗歌卷 / 马文山主编. 一银川：
宁夏人民出版社，2013.9
ISBN 978-7-227-05484-9

Ⅰ.①彭… Ⅱ.①马… Ⅲ.①文艺—作品综合集—彭阳县
②诗集—中国—当代 Ⅳ.①I218.434 ②I227

中国版本图书馆CIP数据核字（2013）第221745号

彭阳文化丛书·诗歌卷　　马文山 主编

责任编辑 刘建英 李彦斌
封面设计 雷秀云 余文花
责任印制 杨海军

黄河出版传媒集团
宁夏人民出版社 出版发行

地　　址 银川市北京东路139号出版大厦（750001）
网　　址 http://www.yrpubm.com
网上书店 http://www.hh-book.com
电子信箱 renminshe@yrpubm.com
邮购电话 0951-5044614
经　　销 全国新华书店
印刷装订 银川天之健文化传媒有限公司
印刷委托书号（宁）0013870

开　　本 787mm×1092mm 1/16　　印　　张 13
字　　数 180千　　印　　数 1500册
版　　次 2013年9月第1版　　印　　次 2013年9月第1次印刷
书　　号 ISBN 978-7-227-05484-9/I·1387
定　　价 219.00元（全七册）

序　一

彭阳县县委书记　张国彦

彭 阳 县 县 长　赵晓东

彭阳历史悠久，文化灿烂，是古代文明与时代精神高度融合、交相辉映的地方，孕育出了丰富独特的文化资源。

三万年前，就有先民沿茹河而居，由此翻开彭阳文明第一页。自秦迄明，置郡设县。秦长城、汉城郭、唐宋石窟堡寨、明清古塔寺院故址犹存，丝绸之路穿境而过。帝王将相、文人墨客多有造访。秦惠文王"投文诅楚"朝那湫（今彭阳古城镇镜内）；秦始皇西巡、汉武帝北巡均途经朝那（今古城镇）；武帝北巡时，司马迁曾随驾记胜。彭阳人杰地灵，人才辈出。皇甫家族，崇文尚武，学子迭兴。东汉将领、军事家皇甫规抚羌宁疆，荐贤委位；东汉朝臣皇甫嵩，文经武略，戎马倥偬；魏晋间作家、医学家皇甫谧，针灸之祖，文史通人。

明清民国时期，境内有"东山文化之乡"美誉。"东山文化"既包含历史文化传承，也蕴含现代文化因子。其底蕴深厚，内涵丰富，涵盖以礼仪、民居、饮食、婚丧、庙会等为主的民间习俗，以书画、剪纸、刺绣、泥塑、彩绘、根雕、石刻、社火等为主的民间艺术，以伏羲出生地、白马庙、孟姜女哭长城等传说为主的民间文学。"东山文化"是彭阳县地域文化的主脉和象征，集中体现了彭阳人民以待人宽厚、为人诚实、以和为贵、以信立身、民风淳朴、勤劳朴实为核心的人文精神和尊重知识、重视教育的优良传统。

革命年代，彭阳属于陕甘宁边区的一部分，在民族解放和新中国诞生过程中谱写了一曲壮丽的凯歌。红军长征翻越六盘山，一代伟人毛泽东先后宿营小岔沟、乔家渠，写下了壮丽词篇《清平乐·六盘山》。红军西征，建立了红色政权，留有峁堡地下交通站、红河地下党支部、虎家小园子地下党支部等早期革命遗址。解放战争时期，在任山河打响了解放宁夏第一仗。这些红色文化资源，激励着家乡人民在新中国建设和改革开放征程上，以“不到长城非好汉”的凌云壮志，取得一个又一个辉煌成就。

1983年建县以来，彭阳生态环境的改观形成潜在的人文资源。彭阳坚持“生态立县”的建县方针，30年来，坚持不懈地改山治水，绿化造林，不断提升了生态环境建设水平。森林覆盖率由建县初的3%提高到24.8%，先后荣获全国生态建设先进县、水利建设先进县、造林绿化模范县、退耕还林先进县、水土保持生态文明县、全区生态建设模范县等殊荣，阳洼流域、大沟湾流域等被国家环保总局列为第八批全国生态示范区，茹河生态园、茹河瀑布被列入国家级水利风景区，这都是彭阳县生态建设的典范，已经成为休闲观光旅游的地方。彭阳人民在建设秀美山川的长期实践中孕育出的“彭阳精神”和“彭阳经验”，是彭阳生态文化的精髓。

近年来，彭阳立足现有的文化资源，通过进一步发掘和整理，确立“皇甫谧文化、东山文化、红色文化、生态文化”四大文化品牌，即“皇甫谧故里、东山文化之乡、红色热土、生态绿色新家园”。这些文化资源已成为彭阳地域文化的有机组成部分，是彭阳人民生产、生活的精华积淀，是促进彭阳经济社会发展的重要动力。

自2005年彭阳县第一次文代会召开以来，文化建设进入了大发展、大繁荣的时期。县文联及各艺术协会在县委、政府的正确领导下，在区、市文联的精心指导下，团结和带领全县文艺工作者坚持文艺工作的“二为”方向、“双百”方针和“三贴近”要求，开展每年一届的“文化艺术月”“书香彭阳”等主题文艺活动，狠抓《彭阳文学》《彭阳摄影》《彭阳文艺网》等文艺主阵地建设，创作出了一大批弘扬先进文化、反映时代精神、富有地方特色的优秀文艺作品。文学、书法、美术、摄影、音乐、舞蹈、戏剧、民间艺术等各个艺术门类，从无到有、由弱变强，百花齐放、异彩纷呈,呈现出团结、和谐、繁荣、发展的良好局面。

风雨兼程三十载,和谐盛世谱华章。建县30年来,彭阳始终保持了政治民主、经济发展、社会进步、民族团结、人民安居乐业的良好局面,城乡面貌发生了巨大变化,文化事业、精神文明建设更是呈现出勃勃生机。为了让外界更多地了解彭阳、关注彭阳,进一步激发全县广大干部群众热爱家乡、建设家乡的热情,县委宣传部、县文联在彭阳建县30周年之际,编辑整理出版《彭阳文化丛书》。丛书分小说卷、散文卷、诗歌卷、报告文学卷、文学评论卷、书法卷、美术工艺卷七个部分,以宣传彭阳为主旨,以提升彭阳知名度和美誉度为目的,力求多层次、多角度、全方位反映彭阳建县30年来的文学艺术成就。

丛书的编写,是一项系统工程,得到了有关部门的支持,各编辑人员夙兴夜寐,忘我工作,保证了丛书编写工作顺利进行,在此深表谢意和敬意。丛书的出版,是我县文化艺术工作的一件大事、盛事,是我县文化艺术工作辉煌成果的一次大检阅、大练兵、大交流。以丛书的形式集中反映我县文化建设成就,这在我县还是第一次,所以该丛书在我县文化建设史上具有里程碑的意义,可喜可贺。

"国民之魂,文以化之;国家之神,文以铸之。"文化作为一种精神力量,越来越受到重视,并成为一个地区推动经济社会发展的重要动力。近年来,彭阳县在积极发展经济的同时,充分认识到文化对于经济发展的重要作用,建设好、打造好促进经济和社会发展的文化环境,从文化环境建设中获得发展动力,以适应全面建成小康社会的新要求,是我们应积极研究探索的新课题。

文化凝结着历史,文化开拓着未来。我们相信,勤劳智慧的彭阳人民不仅能够不断创造新的经济奇迹,而且能够不断提高文化的传播力、影响力,让彭阳文化放射出更加璀璨的光芒,为加快建设"生态彭阳、宜居彭阳、富裕彭阳、诚信彭阳、和谐彭阳"与全国、全区同步进入全面小康社会做出积极的贡献。

序　二

彭阳县委常委、宣传部部长　马文山

党的十八大报告强调,全面建成小康社会,实现中华民族伟大复兴,必须推动社会主义文化大发展大繁荣,兴起社会主义文化建设新高潮,提高国家文化软实力,发挥文化引领风尚、教育人民、服务社会、推动发展的作用。这充分反映了我们党对当今文化趋势和我国文化发展方位的科学把握,为文化建设指明了前进方向、提供了基本遵循。如何贯彻落实好党的十八大精神,扎实推进社会主义文化强国,是基层文艺工作者一项重大而艰巨的任务。

今年是彭阳建县30周年。30年来,全县广大文艺工作者认真贯彻"二为"方向,坚持"双百"方针和"三贴近"原则,深入挖掘彭阳地域文化资源,大力培育彭阳特色文化品牌,不断创新文艺表现形式,通过文学、美术、书法、民间工艺等艺术载体,充分展示了全县经济社会发展的辉煌成就,展示了全县人民团结奋斗的精神风貌,文化艺术事业蓬勃发展、成绩喜人,特别是文化艺术活动丰富多采、主题鲜明、形式多样、独具特色,全面反映了我县文艺发展成果,激发了全县广大干部群众同心同德、团结奋进、干事创业的热情,唱响了主旋律,为丰富和活跃基层群众文化生活、推动文化事业大发展大繁荣、构建和谐彭阳提供了强大的精神动力。

《彭阳文化丛书》是彭阳建县30年来部分优秀文学艺术作品的集锦,既有对生活在彭阳这块土地上的人民的精神状态的忠实记录,也有对全县翻天覆地的变化的热情讴歌;既有对社会热点和弱势群体的强烈关注,也有对不良风气不文明行为的有力鞭挞。其中许多作品可圈可点，感人至深，不乏振聋发聩之音。这些文艺作品寄托了彭阳广大文艺工作者的思想、情感和期盼，字里行间无不流露出心系彭阳经济社会发展的情感和指点江山、激扬文字的豪迈，充分体现了广大文艺人才“铁肩担道义，妙手著文章”的精神品质。《彭阳文化丛书》的整理出版，为新时期推动全县文学艺术发展提供了范例，让全县广大干部群众更加深刻地了解彭阳的过去、现在和未来，从而更加热爱彭阳，更好地建设彭阳，对进一步宣传彭阳，让外界全方位、多层次了解彭阳的历史文化和当前的发展实绩起到巨大的推动作用。

面对这套浓缩了彭阳县经济社会发展、文化民俗和精神品质的文艺作品，仿佛重历那些波澜壮阔的岁月，感受变革带给人们的心灵体验，其中的艰辛探索和不懈奋斗，已为今天的巨大成就所印证。这足以告慰前人，激励今人，昭示后人。而这样一部作为涵盖彭阳文学艺术全貌的书籍，较为全面地反映了彭阳文艺创作所取得的丰硕成果，作为一种精神资源，其史料价值和文化价值当不会被低估。

当前，面对党的十八大提出全面建成小康社会，实现中华民族伟大复兴的的重要时期，在新的起点和更高层次上推进彭阳经济社会大发展、大跨越，是时代赋予我们文艺工作者的神圣职责和庄严使命，是全县人民的共同心声和热切期盼。全县广大文艺工作者一定要高举社会主义先进文化旗帜，树立高度的文化自觉和文化自信，进一步拓宽视野，大胆探索，创作出反映时代精神、体现地方特色和民族风貌的优秀作品，更好地满足人民日益增长的精神文化需求，更进一步为加快推进生态彭阳、宜居彭阳、富裕彭阳、诚信彭阳、和谐彭阳建设提供不竭的精神动力和智力支持。

目录

CONTENTS

活在西海固(组诗)

■杨建虎

一头牛的孤独及其他

初秋,一百亩玉米笼罩村庄
一道道山梁,披满绿色

六盘山以西,那里有我持续的念想
我在这个星期天回家
看望老家牛圈里那头孤独的牛

我忽然感到忧伤——
当我来到牛圈,牛转身望我的眼神
如此无奈,像不认识我
那种深深的陌生感,似一道寒光
深深击中我

我知道,牛越来越孤独了
封山禁牧,已使牛失去了自由的天地
牛不再去山上吃草,只能固守自己的圈舍

而一步步占领过来的县城
已使牛失去许多耕作的机会
牛,守着自己的槽,即使在草木茂盛的季节
还在啃食干草

日渐苍老的牛啊
眼中盛满疲倦的灯火
炊烟,落日,田野,山坡,草地
这些与牛紧密相连的词语
渐渐消失在久久的反刍中

低 处

许多时候,我一直活在低处
留在暗处的伤,有时会隐隐作痛
当沉寂冷却,一些更小的日子
穿过身体,滑过生命中最深的部分

一种鸣响着的声音起自灵魂
许多时候,我在文字的丛林中默默行走
顶着黑夜和迷茫,我感到
一支乌鸦的军队,正在穿越
闪烁着微光的黎明

一直以来,我住在低处
天空和大地之间,有种隐秘的暗示

牵引着低垂的精神
我知道，黄叶会一片一片飘落
寂静而芬芳的想象之中
我独自领受低处的忧伤

落雪的黄昏

这是一种无边安宁的美！没有什么
让我感到躁动、烦乱
一朵朵雪花徐徐落着，爱抚着茫茫的大地，
整个世界是白的，没有什么
能惊扰大地的梦

这样的黄昏，我透过窗户读漫天雪花
屋内的炉火正旺，红红的
映照着四壁
白的雪花，红的炉火
就像两个隔绝的情人
在这个世上各自为伴

活在西海固

活在西海固，我总是感觉到渴
我的职业是记者
我的另外一个身份是诗人
我不知道，该如何写下西海固的身影

我常常在春天目睹一场场沙尘暴狰狞的面孔
我常常一个人望着苍黄的天,发呆
仿佛天空的眼神呈现着西海固的身世

我看到在夏天挣扎的庄稼干枯在田野
我在慌乱的秋天和蒿草相对而视
然后我和苍凉的原野共同熬过漫长的冬天
在另一个春天的午后
我依旧愿意把日子想象得无比湿润
但一场雨,还是与我们失之交臂

西海固的羊群

我写下的诗句,干巴、粗粝,像西海固的群山一样
像群山里蠕动的羊群一样

而那一只只被关在圈里羊儿
它们咩咩的叫声
似在诅咒着封山禁牧的无奈

活在西海固,我像活在永远的尘土中
像母亲说得那样——
人的一生像一根草,而我的诗歌就是一场场倾诉
像西海固的羊群一样
咀嚼盐碱的味道,体味泥土的意义

如今,西海固的山野里已经没有了羊只
当最后的草场被一道道铁丝网阻隔之后
我知道,我该牢牢守住对一棵青草的怀念

回到白阳镇

风在吹,枯干的玉米秆上的叶子
在风中颤抖。麦秸垛在场院里静静伫立
枯枝上落满了跳跃着的灰色的麻雀
一些事物搏动的声音掺和在一起
悄悄回击着我虚弱的梦幻

村庄如此宁静,老家的院子里
晾晒着黄澄澄的玉米,
母亲还在做着针线活,不远处的山野
荒凉弥漫。几棵老树,呈现着冬日特有的孤寂

是啊,这是一个下午的安详和寂静
很多年后,当我醒来,河对面山坡上
没有了羊群的身影
乡亲们,正在搬运着木柴
架子车,开始穿越乡村的腹地

闪光的叶子

我多么愿意留住这黄金的舞蹈
在秋天的列车上

我看到窗外匆忙奔跑的光在树叶上闪烁
它珍贵、稀奇、辉煌，而且易逝

风在摇动着光，于我歇脚写诗的心间
一切仿佛已经具有意义
而旅程之上，野马奔跑，花儿败落
我明白，那是一种深切的美丽
就像透过列车的窗口，我会看到闪光的叶子
这是秋天的恩赐
让我在心灵的颤抖中冥想生命的种种状态

哦，阳光中闪动的叶子
你们知道吗，我愿随着你们的身影
更孤单地，一步一步
走向这个季节的深处

就这样

就这样，我舒展着自己，一次一次
连同中年的困惑和疲倦

窗外的风在吹，城市的灯火升起来
一个个温暖的词语，像一个个陷阱
将我引向无边的爱的深渊

最后的断裂和荒芜啊——

我该怎样描述这样的困惑
当一束光芒笼罩过来的时刻,虚度的光阴尾随而来

就这样,我和孤单的光芒拥在一起
在自己还没有全然清醒的时刻
一只寒冬的衰鸟
就这样,渐渐掠过了空旷的天空

苹果花儿开

苹果花儿开,苹果花儿开
北方的五月,在老家的院子里
一棵苹果树洋溢着激情
它与我的童年有关,和许多过往的岁月有关

一颗苹果树,站在那里
在阳光中变得透明
在大地的上空闪亮。仿佛正有一支歌传来
我静静守着这棵树上的众多花朵
像守着一个个灿烂的梦
时间的河流中
许多事物已被点亮……

是啊,我是处在诗人的位置,
仰望花朵。
我辨不清,我是否还在世上

我辨不清，这丝绸般的阳光
是怎样拥抱着这些烂漫的花朵

那个在玉米地里忙碌的人

已是傍晚时分，头顶上的天空
已开始沉下脸来，白的、黄的、红的光线
渐渐暗了下来——
那个在玉米地里忙碌的人
还在锄草、浇水
暮色已经铺上了他佝偻的背影

他甚至顾不上抬头看看头顶的天
顾不上环顾四野的风景
他在不断地锄掉地里的杂草
用心地折下一些干枯的叶子
这样的大旱之年，他更顾不上
听听田野里的虫子唱些哀婉
顾不上回忆玉米苗子拱破地膜露出身子的
点点青绿

田野静悄悄的，暮色几乎淹没了他
那个在玉米地里忙碌的人
他躬身、俯首，偶尔会蹲在田埂边抽一锅旱烟
他知道儿女们都在远方的城市忙碌
他的愿望，就是在玉米成熟之际

能让儿女们吃到香喷喷的玉米棒

在西海固的一个小镇上

这条忙乱的街道依然呈现着日常生活的酸甜苦辣
熟悉的店铺、医院、学校、车站
在不断发挥着自己的功能尽力满足人们的需求
而我还在平庸的生活中忙碌

闲下来的时间,也常常到小镇的菜市场去
一边买菜,一边听小镇人民的闲言碎语

这样熟悉的生活让我渐渐麻木
有谁知道,我的内心
还在燃烧着另一种炽烈的火焰

中心路还在延伸
生活渐渐慢了下来。许多往事越跑越远
包括那些致命的难耐的忧伤
在西海固的一个小镇上
我是一个渐渐迷失自己的人,像光线迷失于灰烬

山洼地

天还麻麻亮的时候
我曾赶着耕牛,来到山洼地

那是庄稼收后的一个星期天
犁铧顶着秋后的晨曦

多么寂静的早晨！田埂上满布着野花草
紫的、红的、绿的。我在这样的早晨
套牛、犁地。偶尔会甩起鞭子
吆喝两声。歇晌时分
我会看到一些鸟儿追随着犁沟
它们的歌唱，清脆而潮湿
这时候，我会真正感受到泥土新鲜的气息
这时候，我会在阳光下擦拭犁铧
弯腰、起身、张望
然后，轻轻朗诵土地的诗篇

——多像一场梦！多年过后
我还在怀念那片山洼地
那时候，我不知道以后会成为诗人

说　出

我终于说出了这些词
从现在起，让我们给生命加盐
从现在起，让我们再数一遍
那些路边的李树桃树
那些院子里的苹果和梨

亲爱的,就让我们记住它们
我们是走在路上的人
七月未尽,墨水足够用来歌唱
我们如此迷恋这许多自然的美
以及那些风中飞翔的事物

从乡村到城市,我需要耐心地安顿平凡人生
我需要慢慢搬放生活中的日常器具
我需要向着山谷大声呐喊——

那空洞的旷野里
定然收留着我曾遗失的词语和爱情

夜晚的隐痛

雨水还没到来,天空异常阴郁
此时,我还在小城的街道上游荡
像流落他乡的浪子
重新搜寻那些年代久远的事情

谁会轻轻说出我的名字
初秋的夜晚,我独自感受着来自大地深处的孤独
我的心,像田野里被剥下棒子的玉米秆
瑟瑟颤抖

像今夜我写下的诗

掺和着蝉鸣和黑暗中的低语
谁会知道,这凡尘中的细微发现
是另一种隐痛的表达

父亲又一次住进医院

在寒冬,一场暴风雪刚刚来临
父亲又一次住进县城的医院
我是在清晨打开手机的时候
看到侄儿的一条短信——
我爷爷住院了

父亲是在昨天傍晚咳嗽时
咳出大约一玻璃杯的血
从第一次做胃镜到这次犯病
更清晰地说明,父亲的胃已经伤痕累累
我明白我们的努力显得多么苍白
命运之神已经堵住了父亲的生命通道

父亲不得不再次转到我所在的市属医院
一场更大的手术等待着他疼痛难忍的胃
我知道,父亲的身体已经不起了折腾
面对着一滴一滴的白色药水不断渗进父亲的血管
我的整个冬天被白茫茫的大雪
——掩痛

乡村道路

我得承认，当每次踏上干干净净的乡村道路
我会觉得幸福，我会记起许许多多过往的细节
那些温暖的爱、跳跃的事物、鲜活的山野
一次一次，会把我拉进记忆的渊薮

友爱、宽恕、希望、光明
这一切，都曾真实上演
也许，我在许多书中也读到过这些
但在广大的乡村，却真实地孕育了我的童年、少年时代，
当然，还包括酸甜苦辣、生老病死

而今，走在乡村道路上
我苍白的声部，显得更加迟钝、迷茫
冬日荒凉的原野上，花朵早已熄灭
生活，多像道路旁萧瑟的枯树
让我拿什么来点燃激情

落下来了

落下来了，在西海固干涸的大地上
我终于看到一场雨落下来了

山塬上开始弥漫一股股潮湿的气息
我听见几只鸟儿在雨中鸣叫

它们清脆的歌声伴着沥沥的雨声
使整个山塬更加空旷、细密、灵动

落下来了，人们纷纷把闲置的水桶放在屋檐下
叮叮当当的响声，敲击着旱塬的幸福
此刻，我待在时间深处
村庄的梦想，野花般开放

杏花落

四月，谁在照料故乡的山坡
那里有一片片的杏花
把真切的欲望和朴素的爱情燃烧在山坡上

这些春天的女子，容颜刚刚粉红
就在一个夜晚遭遇一场大雪的欺凌
雪花重重地覆盖了杏花，在清冷的上午
经风一吹，杏花落满了山坡
而残留在枝头的那些，显得多么凄惨

杏花落，在春日的山坡
我默念着你们的名字——
这些洒向大地的花朵
带着满腔无奈和散失殆尽的温暖
深深落向阳光的背面

秦长城上的风

一辆辆秋天的卡车穿过秦长城脚下的公路
一片片枯黄的叶子拍打着这个季节的忧伤
而风,无须请示,在漂浮的光亮中
风将苍茫的跋涉带到历史的深处

这是秦皇汉武时代的风啊
我看见,秦长城上的草在颤抖
而在裸露的另一面
我们愿用诗记下渐渐远去的马蹄

这截蜿蜒的秦长城仿佛在风中发言
似一首经年的歌谣,追随草原和羊群的身影
风就这样——
掠过古老和苍茫

苹果园

现在,所有的事物都显得异常安详
这是秋天,面对苹果园
我不想多喊一个词,似乎是苹果的树枝和果实
在收拢这个季节飞翔的翅膀

像许多秘密的小情人一样,红红的苹果
就藏在青绿的树叶的怀抱里

我又梦到了那年的四月
苹果树在风中摇动
那个季节的爱情
就像被风吹动的苹果花

是灵魂之鸟栖息在园中，在秋天
苹果园新的亮光，使我倍感温暖
而挂在枝头的苹果
像大地上一个个裸露的乳房
它们的光芒，会将整个秋天照亮

田埂上的阳光

我们从村庄出发，依然到达村庄
失语的天空下，是田野在寂静地呼吸

风吹来，树木在摇曳
像你我一样。我听见风在阳光中呼唤
这初冬稀薄的阳光，被天空和大地控制
天地如此敞开，一生的孤单和疲惫
此刻已被张扬为美丽的传说

而冬日的麦地波澜不惊
盛着巨大的阳光，这些青绿幼小的麦苗
像我多年前的初恋一样
拥着阳光和风雨

田埂上的阳光，还在风中漂浮
这满布安详的乡村麦地啊——
其实我们多愿守在你的身旁

麻雀在飞

这些树枝间飞来飞去的麻雀
你们让我感到无比亲切
这些失散多年的兄弟
重又回到树木的怀抱

我只是在上山时偶尔碰到了你们
但我感到欣喜
我欣喜地看到你们飞过我的目光
你们的影子
足以把我牵回童年的家园

麻雀在飞，仿佛和着树木的低语
你们灰色的羽翅
扇动着一个时代深深的忧伤

我的日子已渐渐苍白

一生的快乐，已经稀少
曾经辉煌的，现在显得暗淡
窗玻璃在秋日的清晨闪着惨淡的光

一片一片的叶子，飘零在寂静的庭院

想去看很远的地方看你
想把那些年代久远的诗
读给你听

而灯光逐渐转暗
整个世界似弥漫着山谷里那些深蓝色的气息
亲爱的，其实我知道我的日子已渐渐苍白
我心中的花朵
已被埋进深深的土地

想回到故乡生活

想回到故乡生活，在春天
一场场沙尘暴渐次来临
生命之灰开始覆盖许多熟悉的角落
我知道，在故乡，这个时节
青草开始抽芽，那些停落的鸟儿
会在逐渐返青的树枝上留下干净的语言

而我还在这座北方的小城感受着浮华和苍白
每天挤着公交车，仰望逐渐长高的楼群
汽油的味道，房贷的压迫，跑着的乡愁
往往掺杂在一起，使内心的烦乱
一日日加深

群山背后的故乡,这时候会变得楚楚动人
满山满洼的山桃花尽情绽放
那些山洼地里的苜蓿会露出嫩绿可人的芽儿
这种时候,我真的想回到故乡
守二分菜地,寻温暖时光

想回到故乡生活,春耕时分
坐上隆隆而响的拖拉机
看犁铧翻开久远的事情
让田埂边的小草抬起巨大的春天
当春风吹过田野
悠悠的泥土味儿会席卷灵魂的村庄

是啊,多想在这个季节回到故乡
想与那些亲爱的植物再次相遇
想在淅淅沥沥的杏花雨中自由奔跑
想让顺时针的生活转过身来
想在村庄的岔路口
吼吼那些远去的歌谣

作者简介

杨建虎,1972年出生于宁夏彭阳,20世纪90年代初开始创作。曾在《人民日报》《诗刊》《人民文学》《青年文学》《十月》以及《星星》诗刊、《绿风》诗刊、《香港文学》等报刊发表诗文多篇,作品入选《诗选刊》《青年文摘》及多种文学选本,多次获国内文学、报纸副刊奖。著有诗集《闪电中的花园》。系宁夏作家协会会员,宁夏诗词学会理事,固原市作家协会副主席。

一个早晨的片段

■袁治中

谁的河西

1

河以西,长得像背影一样的走廊
到底是谁的
风的雪的沙的酒的,或者孤独的
但绝不是绿色的
绿色,这个若隐若现的忠实情人
总是在远方设下驿站
等待风,这个让人爱恨交织的浪子

2

河西是喧嚣的河西
风抱着沙搓二步
搓着搓着就蹦开了迪
男人捧着酒
与近处和远方的男女朋友
猜拳,倾诉,挣扎
没有预约的暴雨

在我的衣领上留下泥沙的吻痕

3

河西是宁静的
祁连雪山，静静的
像礼拜中的穆斯林哥们
沙漠水库，静静的
可是我梦里的楼兰姑娘
每一粒沙子
都是一个熟睡的婴儿
一只可爱的蜥蜴
轻轻地匍匐，滑沙，玩耍
根本没把我放在眼里
他用镇定的眼神告诉我：
你算什么东西
我才是这里的主人

4

每次去河西
就会想起与我同住一个城市的将军
霍去病，还有他舅舅卫青
他们率领庞大的军团
怎样在这千里沙廊里
奔突，穿插，包抄，奇袭
护佑大汉，一个伟大的王朝
从那以后
我们写下的每一个汉字
都是一个个不屈的汉子

一个早晨的片段

起床,小腹和前列腺憋胀
去洗手间,马桶响过之后
洗脸,刷牙,刮胡子
面对镜子
发现自己老的不算快

走出小区
差点踩着夜市残留的
醉汉呕吐的污物
看来昨晚有人喝多了
不是我和朋友
要不今早就不会早早起床

坐在路边吃早餐
一碗豆腐脑,一个夹菜馍
我知道,吃下这些
幸福或者痛苦的一天就将开幕
23 路公交车开过来了
就停在路的对面
一个长相普通的年轻女子
穿越马路
她并不丰满,但因为跑速较快
怀里的两只小兔子

还是欢快的跳跃

我也要坐 23 路去上班
但我没有奔跑,追赶
快四十岁的人了,速度已经没有意义
我已经习惯了云一样行走
湖水般等待

我想写下儿子

按照传统,他跟我姓袁
这个姓氏一脉相传了千百年
宁,指的是宁夏回族自治区
我爷爷、我爸爸、我
曾经久居的塞外老家

昊,就是西夏王朝建立者李元昊
这个昊字
从字典上看,意指天空
并拥有广阔无边的意思
和所有父亲一样
我把高高的期望
和深深的纪念
早早植入孩子的姓名

袁宁昊,我的宝贝,我的玩具,我的朋友

我的最有力的反叛者
给他喂饭,洗澡,打他屁股
因为用竹筷敲过他脑袋
他对爷爷说不喜欢我
远远看见我
却小鸟一样飞过来,风一样跑过来
拥入我怀,或者将我掀翻在地

在我诱导下,他曾说
待我年老背我上楼,给我美食,带我出游
我知道,这些承诺
将伴我幸福的老去

就这样,我目睹自己制造的另一个我
影子一样尾随我
一天天长大
用一个个细节注满我的胸怀,思绪,记忆
并最终替代我,享受生活的幸福
承受所经历的忧伤

开 封

请打开
这坛封自宋朝的陈酿

汴河的水比那时浑多了

入秋的菊
正在盛开
李师师的琴声

其实东京,或者汴梁汴京
早被易怒的黄河囚于地下
随风逝远的豪放派婉约派诗人们
却为开封留下了
满城的词香

真想
趁雨霖铃的作者沉醉时
斟满酒杯
替他在长亭
为情人践行

行游天水

1

喜欢一个人
在渭河
一条喊渴的北方河流边
喝下酒
独自享受
这份辽阔的美
以及来自上游的孤独

许多女人
在我眼前
芳草萋萋的河床上
跳呀跳

2

一份水煮花生
一盘炒虾尾
几瓶雪花啤酒
在河堤上
我举杯做沉思状
其实我在等待
等待旅途中邂逅的一位
美女独行客
尽管我知道
她再次出现的几率为零

如果她奇迹般出现
我为自己设计了这样的表白
“真是有缘，
要不是拖家带口，
真想和你结伴，
走得更远”

3

在玉泉道观
一个小男孩
给一棵1300多岁的古柏

尿了一泡

年过半百的道士
看了看
没有言语

下山回望
才突然发现
满山都是仙气

4

一直不敢写下麦积山
这个民间,以上帝之手
塑就的精神麦垛

在梦里
我的词语被点化
语句神采飞扬
众神在西秦岭舞蹈
普度众生

我被惊醒后
大脑一片虚无
只有麦积山上
是无等等的匾额
孤悬在仰视中

我理解
这是一个失意者
最疼的绝望

安徽速写

1

K60 列车越过淮河
我在想，将要抵近的合肥
不就是两个胖子成亲后
建设的美好家园么
一个是肥东，一个是肥西
至于庐阳区蜀山区瑶海区包河区
都是后来得逞的第三者第四者——

2

李宅庭院深深
作为大清朝这座破屋的裱糊匠
李鸿章不会想到
历史为他留存了这处坚固的官宅
在淮军故里这些天
我一直在回味：
历史果真是个小女人
人体彩绘的模特

他真是一位少年科举壮年戎马中年封疆晚年洋务的卖国贼吗？

3

生前清正廉洁
连房子都买不起的领导干部
死后却在许多城市
享有大面积的祠堂

比如爱民如子惩恶扬善的包拯

4

丰乐河、杭埠河、小南河
三位水样的江南女子
手挽手,织成一座千年古镇

三河镇
兵家必争是非地
商贾云集富贵乡

不要迷恋我
我只是个匆匆过客

5

能为天做柱石的
当然称作天柱山
或者是大地向天空伸出一根勾引的手指

6

旅行家摄影家画家等等家
在画里乡村
是略显多余的部分

小桥流水
粉壁黛瓦
烟雨薄纱
在宏村小溪边浣衣的母亲
眼神中流淌着静谧的日子

我想提醒每一位游客
请安静些,再安静些

7

黄帝之山
黄河之山
黄皮肤之山
黄种人之山
黄山

这是大地为蓝天献媚
而盛开的一朵莲花

也可能是白云
给大地讲了一个笑话
最先把黄山逗乐了

病 诗

首先是营养不良
十七岁挥别家乡的羊群狗吠鸡鸣

土豆玉米胡麻
芬芳的土地,大地之上灵性的动植物
那可是西海固的骨髓呀
从那时起
再也没能接上老家温润的地气

其次是前列腺胀痛
青春是一只被囚的虎
奔突,狂躁,无奈
诗句就像一泡淋漓的尿
找不到喷射的快意

接下来是胃
长期分担酸甜苦辣的好兄弟
开始间歇性罢工,磨洋工
那么多奇诗妙文
都没有进入骨骼、肌肉和品质
看来不仅肠胃发炎
大脑也感染了流行性浮躁症

目前是酒精中毒
李白斗酒诗百篇
我喝多了挂吊瓶
每当冰凉的药液缓缓挺进血脉
我知道,在解酒的同时
它还在谋杀残存的诗意

群鸟掠过城市

它们一定是从唐王陵方向飞来的
然后掠过西汉帝陵上空
在一家超市出口
我偶然抬头发现了它们

深冬里,这座灰暗的北方城市
被群鸟的翅膀擦亮
那一瞬间
我的心绪也随之亮了一下

好久没有见过这么多鸟了
城市越长越高
鸟的影子正在吃力地攀爬

在又一个倦怠的年末岁初
它们为城市带来了远方的消息
北方的草原和森林
老人孤单的身影,在封冻的土地上徘徊

我深信,这座五百万人口的城市里
一定有人和我一样,抬起头
无意中看见了鸟群的留白

酒已温好

酒已温好,可你人呢
我一直在酒杯后面等着
等候一个直奔主题的开场
目光热烈而诡异

酒,真的温好了
血液开始沸腾

哦,你这个女人
要谈,我们就谈论昨天,或者明天
请不要提起当下
当下,是一个迷醉的夜晚

最后我这样表述:
秋天来了,风中的树叶
就是我此刻
辗转反侧的样子

思乡一曲

把栏杆拍遍,把酒饮干
半截纸烟堆积成
坟土上雪的孤寂

那些从不喊苦叫累的牛，和驴
面朝黄土背朝天的亲人
层层叠叠的梯田
半截千年以前的城墙向远方延伸的企图

缓缓游弋的羊群，早年的伙伴
正在山坡吃草
我八九岁时栽下的杏树
死了，还是活着

我远逝的亲人
埋在阳坡，还是阴地
阳面暖和，阴面避风
哪里的黄土不埋人呀
我不知道
我写下的这些文字
会不会和祖先的气息一样
流入后辈的血液

或者流经
版画一样的老家

爱

1

“婆是我的山，我是婆的命”
一位年过不惑的老兄

酒后追忆自己的外婆

2

有些话该说就说

有些事该做就做

要不,咣当一声

天就亮了

3

外婆去城里住院

外公每天在村口张望

他逢人就问:

咋还不回来

把我眼睛都盼煞了

4

把音乐调试好

把酒色调试好

心情也刚刚好

但我不知道

该为谁写下情诗

5

你细致的亲昵

让我失去抵抗的勇气

乘你换气的瞬间

我逆着河流向上游逃亡

6

黎明时分,你走了

目光像两只空袖管

在窗风中摇曳

7

想让你读出我的泪水

你却只看见了我的笑容

8

一张长长的车票

把南中国版图连接起来

铁轨被烟雨擦亮

她将要抵达的城市清晰了起来

9

你是漫卷的,或静静的旗帜

我,就是那根屹立不倒的杆

10

凌晨两点,也许三点

老伴提壶问:你尿? 还是不尿?

你倒是说呀!

11

夜半醒来

肉体横陈

12

一眼看上的
往往是最好的

与挑衣服一样

13

你孤寂的身影是怎样缓缓地
融入凶险莫测的冬夜

酒醒后的黎明
我陷落于无边无际的光亮

14

父亲不让抽烟
母亲反对饮酒

每次来我家
都带来上好的烟酒

15

郁闷时就想起你
想和远方的你聊聊
又怕影响你
让你和我一起郁闷
寂寥的夜晚
很想给你打电话
却怕干扰你的休息
以及平静的生活

很想与你预约一个长谈
可自己的心情无法预约
我不知道自己将在哪一天开心
哪一天悲伤
哪一天想念

16

朋友在写字楼顶层办公
一个闹中取静的好地方

楼道的墙壁上
有众多年轻人
涂下的爱情宣言

我记住了这样一句：
棒棒糖确实很甜
甜得让人久久的忧伤

17

没人疼的女人老得快
没人住的窑洞塌得快

作者简介

袁治中，1974年生于宁夏彭阳。1991年入伍至兰州军区驻陕某部，当过战士、文书、放映员。1997年军校毕业后在部队主要从事新闻宣传工作。2003年转业至咸阳从事文物旅游工作。现为咸阳市作协会员。共在《解放军报》《中国国防报》《青年文学》《国防》《西北军事文学》《人民军队》《陕西日报》《固原日报》《咸阳日报》等报刊发表诗文300余篇（首），著有诗歌随笔集《夜行者笔记》。

西海固(组诗)

■权锦虎

西海固

你这无鱼的死海(张承志语)
你这死海里的神话
你的松涛响亮的林场
你的绕来绕去的嵝岘
你的隆德你的泾源
你的彭阳你的固原
你的同心你的海原
你的秦长城
从山脊上爬行时的烽火狼烟
一直通达
那秦砖汉瓦堆积起的古城萧关

从那弯弯的路上一转
我们的心就偏向海原
从那同心的高速路上向前
我们梦一样地就回到了固原

每一条高速路都通向长城塬
每一条高速路都通向老龙潭
每一条高速路都通向须弥山
通向那茂密的小树林
通向那坚硬的岩石和山峦
我们站在山外面
遥望六盘山
一个刚峥峥的男子汉
天高云淡
我们望不到南飞雁
在哪儿呢
我们的英杰我们的好汉
我们像啼哭的杜鹃
轻轻地把针灸鼻祖的故乡
黄甫谧的名字呼唤

西海固,你这神话中的海
站在火石寨的山巅
静寂的海面一马平川
奔腾的海涛消失的无际无边
我们像西吉震湖中游弋的鱼儿
一头扎进你的腹地
寻访你的心弦
寻觅你曾经的狂欢
寻访你自古到今的古迹和边关
但寻来寻去到处都是山

你红得发紫的火石寨的山
你野草铺满山沟的山关口的山
你悬崖绝壁摇摇欲坠的青石山
你干渴得黄土冒烟的黄峁山
你光秃秃不长一根草的斩刀山
你掛马沟森林茂密的野猪山
你深埋乌金深埋石油的炭山
你神话传说中的五里山
你荷花长满山谷的荷花山
你风景秀丽的东岳山
你白雪皑皑春秋覆盖的猫儿关山
你貌似一盏神灯的灯盏山

一座座奔腾不止的山
一架架勇往直前的山
你向南走去
你冲不出秦岭八百里秦川的蜿蜒
你向北边走来
你跨不过黄河两岸的宁夏川
和宁夏川边的贺兰山
你山连着山
你山道弯弯
你靠山吃山
你逶迤求全
你的大山你的小山
你的黄土山你的沙石山

啊,西海固
无论你有多少什么样的山
你,就是矗立在儿子们心中的神山

我站在西海固的土地上

挂马沟绿树槐荫的群山
一望开阔的川地
我把双脚深深地扎进
西海固的春天和泥土里
我感觉有一种温热
正在慢慢地升起
上升到了我的身体
这是西海固冬眠后的呼吸
这是西海固积聚了很久的地气
这是西海固温馨的抚慰
抚摸着我
和我们脚下的这片土地

高远的心撑不住酥软的双腿
我的身体像膨胀的空气
充实着西海固遍野的山谷
我的脚跟
正在变幻成一簇簇春天的根须
向四周蔓延开去
长出一片片茂盛的树林和麦地

把他的语言他的地貌
他的衣着他的历史
他的人情风土
移民到了黄河两岸
从中宁大战场到隆湖
从红寺堡到华西村
从闽宁村到月牙湖
一个崭新的西海固
正在崛起

黄河两岸的西海固女人
黄河两岸的西海固男人
黄河两岸的西海固房子
黄河两岸的西海固村子
黄河两岸的西海固学校
黄河两岸的西海固学生
黄河两岸的西海固工人
黄河两岸的西海固农民
西海固
浩浩荡荡地站立在黄河边上
筑堤修坝——建楼修路
筑造着一座座
现代化城市的钢塔和高楼

红寺堡的沙子变绿了
西沙窝的沙地变水了

月牙湖把鄂尔多斯远远地抛在身后
太阳山一个崛起的工业园区
黄河边上的风沙正在减退
西海固人就是这沙漠中的一棵棵树
日日夜夜
站在风沙的山口狙击着沙尘暴的战争
银川平原的绿色平安无恙
黄河两岸的农田年年丰收
唐涞渠汉延渠滔滔不绝
把黄河水引入鸣翠湖和悦海湿地
有谁会想起这流水的声音里
流淌着
西海固人战斗在荒漠之中的歌声

黄河两岸的西海固
黄河两岸的银川平原
这之间的交融
像黄河水一样
有谁能辨清他的浊清度
一天天
一个巨大的天空
正在把我们的所有人的心灵包容
一天天
我们的城市变得越来越多
我们的城市变得越来越大
我们的城市在扩张

我们的绿色在蔓延
我们的西海固也在不断向前
向前延伸
越过鄂尔多斯
越过贺兰山
西海固
站在这延伸的外延
西海固
就是这延伸力量的中坚和根源

行走西海固

一位诗人的灵感
把我们灵魂的照片
上传到了西海固的空间
我们的思想
像野马一样驰骋在西海固的高原
我们的意识像奔驰的电车
呼啸在西海固纵横交错的阡陌
我们的思维
被西海固的风撕拉成一块块碎片
飘荡在黄澄澄的天空
剩下一个血色的声音
在西海固的山谷中低声地吟唱

那是一个心灵的欢乐挣扎

那是一个头脑的碰撞摩擦
那是一个感情的起伏跌宕
那是一个认识的跨越变化
那是一个发现的欣喜若狂
那是一个精神的洗涤进化
那是一个人生的起落飘荡
那是一个过程的艰难跋涉
那是一个季节的循环往复
那是一个岁月的苍苍桑桑
行走在西海固的土地上
行走在几千年颠沛流离的黄土上
先人们创造的神话像六盘山一样高耸
先人们开垦的土地像神话一样迷离
上下五千年的叱咤风云
上下五千年的神神秘秘
上下五千年的死死活活
上下五千年的打打闹闹
上下五千年的毁坏创造
上下五千年的朝代更易
一切的一切从不停息的行走
没完没了的改变不能把握的命运
南来北去的大雁
物种淘汰的春夏秋冬
东南西北风记载了行走的历程

我们把行走

把整个老龙谭风景区都划进这一块水源地
把整个彭阳泾源都划进这一块水源地
这是一块景观壮美的土地

从挂马沟林区流出
从青石五里山里流出
从老龙谭里流出
一滩水在这里流了多少年
流过秦皇汉武……流过宋元明清
流过古城……流过萧关
流过彭阳……流过长城塬
流出了一个朝那古城
流出了一个皇浦谧
一个闻名世界的针灸鼻祖
流出了
一个人们对这块土地的眷念和爱意
那朝那古城深埋地下的汉代铜羊呢
那朝那古城那一块朝那古鼎呢
那魏晋南北朝时凿开的无量山石窟呢
那成吉思汗下榻的营寨呢
那秦始皇后裔居住过的秦家庄呢
还有那从朝那古城墙里挖出的一件件古董呢
这一块人文先祖的栖息地
这一块历史和文化的圣地
都浸泡在这谭深厚的水源地里
都浸透到我们的血液里

保护这一块水源地
就是保护我们的根基
保护这一块水源地
就是保护我们的历史
保护这一块水源地
就是保护我们的儿子
保护这一块水源地
就是保护我们的呼吸
保护这一块水源地
就是保护我们的繁衍生息

这一块水源地
这一块风水宝地
在你的地下还埋藏着多少秘密呢
在你的地下还埋藏着多少奇迹呢
就这么静静地流淌在地下吧
就这么当宝贝似的被保护着吧
保护好你
我们的神秘就变得更加灿烂珍奇
保护好你
我们的天空便少了许多狂风暴雨

一道煤层埋没了千万年

一道煤层埋没了千万年

当瓷窑堡的香渣子点燃了宁东基地
人们发现
这地下竟然有一条巨大的黑龙
穿行在太阳山到下马关到彭阳
长长的地层里
这么长的一个奇迹

一路往南
荒无人烟的沙漠铺天盖地
干旱的粮食弯弯曲曲
喊叫水张开干渴的嘴
向天要水
张家塬上去满山遍野的洼地
一直通到银洞子
荒山崎岖满眼是黄色的土坯
谁会相信他的心脏里
竟然还藏着这么一个伟大的秘密

瓷窑堡到惠安堡到彭阳一百公里
世界上有这么长
这么完整的煤层吗
发现者最出的惊叹发现这道煤层的能量
绝不亚于发现了多少个核武器
地上的荒凉
地下的奇异
两个世界

两个截然相反的对比
这美的聚集
不知经历了多少次的破坏
想必多少年前
这地上水草肥美
成群的野牛在水边吃草嬉水
粗大的树枝遮天蔽日
几百公里内都是汪洋和绿洲
但这一切都消失了
一切被地壳的运动
毁灭得彻彻底底,于是
便有了现在西海固的这般荒凉的境地

一切的美被埋地下不见天日
一切的美终究会显露他的奇迹
当太阳山上隆隆的机器声
打破了的惠安堡荒原上的宁静
从瓷窑堡到彭阳
从同心到盐池
这深厚的煤层
终于爆发了他古老的美丽
那一道道火红色的山梁
那一处处火红色的沙子
那一片片火红色的荒原
多像一缕缕燃烧的火焰
火光冲天

这光彩夺目的大火
正在向四周蔓延
漫过黄河漫过六盘山
漫过鄂尔多斯漫过贺兰山
这蔓延的大火要把整个大西北点燃

作者简介

权锦虎，1962年9月生。宁夏作家协会会员。诗歌《山妹子》等作品曾在《朔方》《宁夏青年报》《六盘山》《宁夏大学学报》等报刊上被评论介绍；《西海固》《春天，是您给中国留下的一笔遗产》《那一年的冬天》等诗歌作品，曾获自治区评奖一、二等奖。曾任银川市群众艺术馆办公室主任，现任银川市文化艺术馆创作研究部主任、《银川文艺》主编。

写意的高原

■庄　农

写意的高原

风儿从天顶飘下
无从琢磨的欲念　堆垒
原野上那棵白杨的情绪
等候沟壑深处一句柔柔的呼唤

云无悔的搜索者现在和从前
梦掬着黄土的名字弥撒
灵长的肤色蛰伏在雨季的前沿
牧者和他的羊群占据了整个春天

鸡的羽毛踩着炊烟　长鸣
相思那年绿叶如盖的巢穴
在三月的手势之下咬破了亮蓝亮蓝的天

耕者和黄牛原来是窗花的神话
一点清辉就糊住了春夏秋冬

轻盈的尘土呦
捧着尴尬的风筝等待旧年的锄把

高原不会装饰虚假
一瓢水就浇活了沙枣和杏儿的娘家
深爱埋伏在山歌的韵味里
高原把诗歌挤成古老的连枷

娘在崖上呼唤
高原是缺奶的憨娃娃

阳光的西部

歌声收拢了翅膀
浩渺的西部盛满着阳光
天音近切的方式以及佛的方向
和母乳一起从天而降
被乳化的梦想　在高山之巅
听啸声跌进幽深的谷底
漂泊者种族在那里开始吸吮
河水和林子的摇篮
幸福是难抹掉伤痕的空地
大漠冷月　长河热血　犹记
战争的碎片和文明的废墟和宗教的渊源和大河的源头
和文化的线头
哲学的深度史书的重量

让西部浩渺成凝固的汪洋
让西部明媚成久远的太阳

西部是书　雪山为封面　大海是封底
西部是生命　父亲是鹰　母亲是河床
西部是歌　泪水是词　血流时曲
因为荒凉
所以灿烂

花　儿

汗滴和黄土共同酝酿的声音
诉说着高原的心事
苦日子热心肠和好的声音
拴牢了枯焦地上一蛋蛋生命
在轩辕的车辙边憋足了底气
从古老的石碾上找出口
山梁上放开一吼　就吼得
光景瓷实心中美气浑身舒服
坐着
坐着云朵吐热辣辣的心思、
扛着锄头吆喝着麦音弥天的季节
白发的老娘啊　轻吟一句
双眼一汪千年的雨季
耕者的心愿喝落在犁沟
牧者的心荒凉起山上的飞鸟

喊乱了樵夫走山的脚步
唱断了老人墙角下年轻的梦呓

一曲花儿
嵌在山顶的云里
是爱灵通的翅膀
收在瓦上长苔的屋里
是一壶好酒
父老乡亲的经典
让花儿开在空中　醉倒人生

火红的大西北

一春亮色是红红的山花　绝研
一抹风流是红红的脸蛋　绝靓
拴着红绸子的唢呐　绝响
系着红腰带的后生　绝酷
扎着红头绳的女子　绝水
照着红太阳的村庄　一顶一的福气

一声山歌　喊醉初春的心事和云朵
喊醉了蛙声和老梅
一个年关　对联红火窗花艳　幸福色
一坛老酒　灌红了丰年的每个关节、
一个生命的驿站
红盖头把爱情举到头顶

一条红纱巾
让火一样的青春疯狂梦想
一棵红荷包
把村庄浪漫的故事收藏

一张红纸糊一个年
一张红绸飘亮一生的梦想
一片红晕放牧着鲜花的真诚
一方红红的高原
长着高钙低糖的精神

居住在古诗中的农人

一首古诗
只有二十个字
我们和父亲
体味了整整一生

一首古诗是园圃
被土地幽禁的你们
用无声的劳动
接见了天下所有的苍生
和世间繁枝叶茂的风景

一首古诗是田园
荷锄而动　挥镰而静

我在灵魂照彻的阳光下
分明看见
汗水滴成无上的恩情

一滴汗水的光芒
是撑破古诗全部的秘密
一首古诗的深处
是你们苦苦等待的回报么
一株庄稼的含量
永恒
我用泪水报答你的歌声

醉里黄河

母性的水体流进砚里
九曲十八弯的龙行之势
以及嫩生生的笑声
摇成方块字里的伟喻

五谷杂粮的根系发达
淹没了赤脚秀女踩过的青石
谁顶着用心血糊裱的原罪
看见青铜色的饮者一岸

长满鳞甲的恋情　流进
久搁的古筝　鸣凤

号子在河心里步履朦胧
荷担者两肩明月炫耀海量

水在苍茫的醉语里
沤满淘进天下的豪言
谁心甘情愿一醉千年
于晨曦乍起　立成丰碑

水的走势洋溢酒气
弘扬高过九天的企图
烫一壶
让我们永远记住伤口和幸福

黄土地上

在天空和栅栏之间
人啊
是痛苦而自由飞翔的花朵

泥土烧成古陶一样的历史
泥土里浸渍着热血和汗水
深埋着笑容和思想的颅脑
千年的庄稼
在孩子的脚上开花
生命本身就是图腾
我分明听见叩拜土地的声响

洞穿胸膛
收留天空一样的思想

握一把泥土
我听见庄稼和民谣的长相
金黄的梦想　爱情的名义
走过明亮清澈的双眼
空旷的高原
竟是我寻找并仰望的天空
谁能在土地之外
终守生命本质的情感
在无限的时空里
呵护墓碑和摇篮

作者简介

庄农，原名邵昭才，20世纪90年代初开始文学创作，先后在《朔方》《散文诗》《青年文学》《六盘山》等报刊上发表文学作品100多篇，现供职于宁夏王洼煤业有限公司，为宁夏作家协会会员。

那一片倒下的庄稼

■穹　宇

那一片倒下的庄稼

不用低下你红晕焕发的头
不用尴尬你埋于地下的丑陋展现
这成片的高粱谷子花生和土豆
你们可曾是
这田野最好的风景
吸纳土壤的精髓
沐浴雨水的润滑
笑迎阳光
风中招展
月下私语绵绵

那是你们的美丽人生
那是生命的芳华
你们原本的面貌
你们的奉献收获交流的季节证明

并不是所有的禾苗都能长成庄稼
何况有可恶的乌鸦
有冰雹有狂风和干旱的施虐
有鸡鸭猪和山里的野物有意无意地闯入
有贼人的过早贪欲
有孩子嘴馋和顽劣
有同伴的挤压和霉变的传染

但无论如何从此我们有了过冬的粮
我们终将把这些收获,归于这空旷的粮仓
双手捧着这粒粒饱满的呈现和生命奉献的味道
这一个再冷的冬天
我们心中充盈的踏实和健步的日常
拥有粮食,便拥有生命的延展和健康

很简单,不复杂

手心的光影,春天的微笑
温暖和记忆的花朵

我看见,少年往事里的乡间行走
草根意识注定一世一生
农历记岁中我们长大
珍爱如今的爱人同志,小孩和亲人
一步步维护和操持的家

对面的茶，声音的融化
两个人
善良着各自的善良
互见着这样的朴素芳华

谁为谁点亮心中的灯盏
谁为谁讲了城里的童话
临别谁说出了依恋——
从今后，就可以坐下来说话

这首诗注定从春天写到春天
这首诗以你的词语命名
是的，很简单，不复杂

瓶

多年前的相见
某一刻暗藏裂纹

那羊脂白的内心之釉
那富贵吉祥的青花手绘
至少有两双手捧为
一世一生的珍藏

这业已成为赝品的掩饰词
鉴定证书　一本正经的谎话

全国统一印行

没有什么来挽救他们的爱情
甚至他们　已无力抬手
抚摸这冰凉的瓶身

在我心最靠里的地方

以我们的模样
两条溪水　各自流淌

我终于可以在你的近旁　打量你
而你的声音　多么像我自说自话
你的娇媚　你的柔软
以我与生俱来的羞涩　发现
在我心最靠里的地方
你的透明　我的爱
互相映见的　一束光亮
或者一汪泉　仅仅一滴水
一直在　一直在
被纷乱的荒草掩盖千年

即便是以各自的模样
在世尘之上

容　颜

我想起昨日
那个身量单薄的郁郁少年
却已看不清
所有人的容颜

这个夜晚
灯火阑珊　生活纷繁
我妄想在月光下　可以看见

没有任何爱情可以胜过
我的初吻　还有
指尖传递的震颤
那是我一生最美好的留影
仅此一幅　没有底片

谁是谁内心的温暖

双手合十,我就可以看见你
一直想见的人

可是真的你没有出现
只有另外的事物,想与你有关都难

我不想说出来

其实,我多么多么爱你,比过去的爱都要爱,这一刻

明明白白的爱情
其实就是最难以表白

即便面对你时
我也会以另外的面目出现

一年一年又一年的再次出现

向黄昏,我在你的身边
视线清晰而又朦胧
华灯见亮
还有你很近的面庞,我看着你
就像看见久违的月光

在现实之间,我觉得我们是熟悉的
在微笑之中,我看到的是任飘走的自由
或者一朵幻化开的云
待放的百合
一个想象之境

这一刻,真的没有了孤独
只有纯净的眼神
还有你漠然外在下的
那分小小的矜持和柔情

不，重要的是难得的信任

我说我们其实是一样的人
你听后默不做声

直到后来，谁已把谁带走
或者，有雨湿润的明天
是一首可以唱出来的《爱情》

作者简介

穹宇，本名李向荣，1973年9月生于宁夏彭阳县城阳乡。曾先后在乡村小学、县城中学任教，现为专业作家、《黄河文学》杂志编辑。已在《人民文学》等杂志发表短篇小说若干篇，部分作品被《小说选刊》《中外书摘》《微型小说选刊》等杂志转载，有作品入选《2007文学中国》（花城出版社）等年选本和作品选集，出版短篇小说集《去双喜那儿》。曾被评为“西海固小说创作十颗星”之一，获“银川市文艺创作突出贡献奖”和“《小说选刊》年度排行榜优秀编辑奖”等。

只是一个怀念春天的人

■张富宝

只是一个怀念春天的人

春天只不过是回眸一笑。
沙尘有意,雨水无声……

我已习惯于去放牧孤独。
远方终究是远方——
我抬头仰望天空,
看见的只是世界的倒影。

单调的生活,
单调的接近于单纯,
单纯胜相思。

每天在阳光里游走的人,不是我;
每天在夜空下徘徊的人,不是我。

我只是一个怀念春天的人……

剃　须

疯长的胡须,在而立之年
有些营养不良
它的颜色五彩缤纷

青春的黑
年轻的白
咖啡的褐
它们坚硬如一截截时间

这些成长的事物
每天都需要剃度
我开着灯　坐在镜子前
用去很多心思

我要用清洁的面孔
小心地与爱人接吻
每一根刺
都可能将她的温柔刺痛

喏,托尔斯泰的胡子令人着迷
我对着酣睡的女朋友说

屋内书页已翻开
屋外黑夜的列车在低鸣

木　匠

我决定请他来建造房屋
在乡间的一片空地上

他开始做工
从清晨到黄昏

他以手歌唱和私语
在木头的内心里游走
有谁比他更知道
木头的故事与伤痕

瞧,在木头中
他为我们喂养着花鸟虫鱼
他为我们守望着蓝天白云

瞧,他蓄满的力
在每一种姿势中溢出
有谁比他更知道铁木联姻的秘密

他的手布满了细节和遐想
也曾布满泪水与血滴
此刻,他手中飞舞的木屑
如同盛开的花朵

如今,屋子造成了
屋子中坐着我的妻子和儿女
屋子中放着粮食、火炉和鲜嫩的家具
……

远远只见一星闪亮的烟火
黑夜中他默默地离去
我不敢想多年之后的情景
还有谁走过他的坟地

春　运

车站上膨胀的人群会爆炸吗
大雪切断了回家的路
他们被囚禁在节日之中
屈从于笔直的铁轨

蜜　蜂

它的巢穴修在崖面上
如同我的窑洞一样幽深,温暖
我们共同生活在桃花盛开的村庄
羞涩地经营着春天

一只蜜蜂死于与我的遭遇
它的死让我的疼痛肿胀

僵硬地浸泡在碱水中

更多的死于甜蜜的花粉

痛

突然间想起“母亲”

所有的泪水喊了一声

请不要转身

带走那最后一寸夕阳

我在城市的某个拐角里

匍匐着，将逃回来

跪在泥土上——

让我替您挡挡时间的苍凉

空气中弥漫着雪花的气息

空气中弥漫着雪花的气息

这就是生活的福祉

深呼吸，一次，两次……

让浑浊的肺部越来越清晰

一盘棋还未曾结束

棋手早已遁身

网络江湖的幸福
就是可以自己做主

一部午夜剧才刚刚开始
主角的艳遇就足以让人捧腹
无论多深的疼痛
都已变成糜烂的笑声

在这个孤傲的黑夜里
鼠标和遥控器在相互安慰
必须听着爱人的鼾声才能入睡
呵,这命运的乐曲多么曼妙

打开门窗,让盗贼潜入梦中
让那些可怜的追梦者
盗走牛奶和柑橘
也盗走 CPI、道琼斯和 5 月……

果然下雪了

我的舌苔发苦,腰背酸疼。
我掀开窗帘的一角,看外面的阴云。
我说下雪了,其实是骗她的——
果然下雪了。
很清淡的几片雪花,很安静;
很快就消融了,像轻轻的一吻。

所有的病痛都是相思病，
果然，雪停了。

空气有些污浊，我打着哈欠。
我的哈欠一定像是一个黑洞，
嵌入了寒冬的内心。
橡胶厂的大烟囱，笨笨的，
像是要故意把我晃晕。
还有药厂、轴承厂、化肥厂，
像亲人一样团在我的周围。

没有雪花的圣诞总是可怜兮兮的，
就像没有玩具的儿童。
幸好我从来不过圣诞节，
尽管我很喜欢神秘的礼物。
我说下雪了，其实是骗她的——
果然下雪了。
很小很小的雪花，也许是温暖的，
像是小小的磷火。

外面很冷，我带着她去配眼镜。
拿掉眼镜后，她甚至连镜子也看不清。
我们的嘴角呼出白白的哈气，
像童话故事一样迷离。
然后我们就回家，
然后二两小酒就把我灌晕了；

然后我说下雪了,其实是真的——
我看见我家的电视机里雪花纷飞。

三点四十五分

一群民工,像一群叽叽喳喳的鸟一样
留下了清晰、浓重、有力的乡音

这是三点四十五分,一个春天的下午
他们背着铺盖从街上一闪而过

他们神态各异,大摇大摆
带着汗味和灰尘,像一群雕塑
嵌在城市的中心

初　恋

我用风捕捉你
然后用天空将你放飞。

我用岸捕捉你
然后用水将你放飞

我用黑夜捕捉你
然后用梦境将你放飞

这就是爱情

眼中还留着夜梦的灰烬
清晨,如蚕蛹般宁静
我坐在洁白的屋子中
望着窗台上的那盆花

它悄然地垂下枝叶
新绿一天天饱满丰润
喏,手捧清水的人一定刚刚走开
在日光月影中漫步的人
在文字音律中含羞的人
一定刚刚从它的身边走开

这就是爱情
它这样宁静

作者简介

张富宝,1976年生,宁夏彭阳人。宁夏大学人文学院副教授,文艺学硕士,主要从事文艺美学与宁夏文学研究。曾有文学与评论作品发表于《光明日报》《文艺报》《山花》《名作欣赏》《朔方》《银川晚报》《新消息报》《六盘山》等报刊。

冬至节记事

■瓮志义

冬至节记事

门前的小溪结冰了
冰下的鱼像玻璃后面的你
月光里读不出该有的清晰

也许是这里的生态造的孽
身外之人与物能把灵魂板结
结冰了,要学会屏住呼吸
让腹语给板结的灵魂透析

我的泪没有滴在冰面上
是为了不惊袭冰下朦胧的鱼
你也没有让泪去雾化玻璃
让我看到了伟岸的身躯
看到双手合十时的心力

冬至只是寒冷的开始

我用你合十的双手祈祷
春暖时花开在你的心里

黄河奇石

在造物主点化之前
你就匍匐在山水之间
用亿年的沉寂和孤单
修炼你
千姿百态美艳天成的容颜

黄沙土　用原始的亲情
孵化了你的品相
黄河水　用纯真的乳液
赋予了你的灵性
西北高原的风雪雷电
打造了你雄健的体魄
高山峡谷间的气脉
孕育了你敦厚内敛的个性色彩

你以超常的记忆
摹写着远古的生命图景
你用感恩的心
演绎着儒释道的精髓
你用天地之灵气
展示着大自然的神奇

你用卑微的身世
诠释着人世间的尊贵

你来自混沌年代
也曾是补天的五彩
这般沉寂，只是等待
这般等待，还是修炼
等待有缘人的眼睛
你会还所有人一个心跳

作者简介

瓮志义，彭阳新集人，社会学研究生毕业。1978年11月应征入伍，随后转业到甘肃兰州市民政局。2006年出任兰州市军休一所所长，后在全国首创了"军休文化"这一概念，被学界列入该概念的四个定义之一。先后在军内外报刊发表论文10余篇、诗歌10余首，现兼任兰州军区《老战士天地》杂志编委，军休文化网站和《军休文化》杂志总编。

火之上，水之下

■韩　聆

火之上，水之下

水火之印。水火之境
找不到任何凭借，不能抵达那里
可我分明清晰无比地感觉到一种刚硬的柔软
像风。我不能睁开双眼
不能御之，不能离之

隔世之寂
我能听见时空巨大的回音，钟鸣于野
然而，我却什么也看不到

至火之上。至水之下
这鸿华之役
注定是一段止终于始的殇歌么

我逃逸。时间之外
我转过身，看到思想的落叶风残一地

轻轻拾起，突然发觉水火之间
不过就是一壶正在被沸煮的喷香的蚕豆

世界原来如此

只要有一刻知道

一种痛比如触兰，贴近去
你可以试问感否，却不可以试问愿否
你可以在颂悼中，却不可以在挥斥中
坐暖了石阑，你可以凝看
却不可以勾留，虽然不知谁会心伤

心海里你可以念潮，可以片刻长忆
还可试问某个清晨
我可否南下或者北去

行程中的事
你可以谵妄虚构，可以不用心掂量
你可以引颈长呼，却不可以回头看你的影子

而这些事情啊
如果是租借来的，你可以一生不还
但清理剩余的那些心情时
你却不可以不问：可否

其实,终究一切都不必问
只要有一刻知道或者记得
——比如你破落的童老
你沿春而下的洲堤

低声遗忘

那时你一定能找见行笔芯墨的他
早晨,出发时的一些低语像爬满天空的云朵
傍晚,抵达时一定会记得碧罗裙的前尘后事
而剩余的一些不够圆满的时光
即便是修改得像秋天的花一样绽放
也不屑把它们一一亲手摘下

相信那一定是在古代
看一只鸟儿从头顶飞过
就知道和谁说话不用偿还
而后来的一些类似的守望
就让他渐渐地仿佛明白
有一些秋天凭心根本无法靠近
既是身世中早已有过的提醒
你也得借高空弥漫而下的风而低声遗忘

向西,向西

向西,心中如葵的一种植物

犹如农夫扑身长满庄稼的泥土
信仰的磁力注定它要保持这种亘古的长势
并且时刻提醒你很久没有过的奔走

当我翻阅 2500 年前一位白须冉冉的老者
一条名叫额尔齐斯的悲情西去的河流
以及正在穿越青藏线向西迁徙的母藏羚羊
我感觉有一些心灵的石头正在被轻轻放下
背对故土,滔滔汪洋的双眸指西而行者
一定不只是骑手、拜者、归者、渡者
春心素舞者亦然
大开发、大掘进者亦然
西出阳关可遇故人

我如此心牧
单是遍种野麦的大疆
亦可作故里芳洲
天歌地舞。听还在,挥不去
大地向西
塞纳河左岸潮流向西

作者简介

韩聆,20 世纪 60 年代生,系宁夏作家协会会员、固原市作家协会副主席。著有散文集《边缘情感》《简静与沉浸》,报告文学集《是太阳,不是调色板》等。

想起海子

■刘天文

想起海子

在西海固的三月
在老北风渐趋妥协的最后肆虐中
在雨雪交织的暗夜里
我怀揣柴米油盐一样细微的幸福
想起了海子

二十二年了
你骑着自己喂养的那匹快马
从山海关冰冷的铁轨出发
周游了祖国和世界
所经之处的河流和山脉一定是幸福的
它们第一次拥有一个温暖的名字

现在,粮食和蔬菜都很充足
你的亲人、朋友
许许多多的陌生人,还有我
都在你海一样宽宏的祝福中

在尘世里捡拾到了不小的幸福

你也很幸福吧,海子
看你的房子面朝大海
读你的诗歌春暖花开

老　黄

偶然看见
门卫老黄拿着水管
在浇县委院子的一大片花园

欢奔出来的自来水
和使命一起渗入地下
老黄拿起铁锹拍拍打打
使一块新的阵地
在他手里熨熨帖帖

花园被分成了一畦一畦的小块
老黄吃力地移动着水管
大风轻巧地移动着老黄的头发、衣服
和一声声急促的咳嗽

寂　静

从地平线来到山间塬畔

从楼前空地爬上阳台
阳光迈着碎步子
最后穿过花瓶间隙
都没有碰出一丝声响

微风中寒气暗暗袭来
树叶动了动
枝头摇了摇
它们都忍住
没有在大清早咳嗽一声

几只麻雀飞落
在颤悠悠的电线上
朝远处极目眺望
冬天在它们周围缓缓降临
曾经的讨论和争吵已经平息

一些叮叮咣咣的声响
从远处的建筑工地上不时传来
却被这无边的寂静一次次吞没

无　题

一只麻雀正站在
一株松树的顶端
向着早起的太阳

用尖喙梳理它的羽毛

梳妆完毕
在清晨的第一束阳光里
快乐地跳跃着
啾啾地鸣叫着

谁也不知道
它今天计划些什么

太阳慢慢地爬高
它的幸福慢慢地透亮

一只惨死在路上的猫

一只猫皮开肉绽
一只猫停止呼吸
一只猫不再成为捕鼠能手
一只猫在公路上睡了
交警们继续繁忙地疏导着车流、人流
交警们继续处理一起又一起的交通事故
但好像都与这只猫无关

满　足

商店橱窗处

两个婴孩同时哭了

一个婴孩拿到娃哈哈
就边吮吸边哈哈了

另一个继续哭
大人拿他没办法

后来,他终于止住哭声
他在精心翻转着
一只丢弃的娃哈哈空瓶儿……

水　窖

或看管家禽人畜
或守望麦田

最会积累消费
最能疼惜生命

让一双饥渴的眼睛忘却
与干旱的实际距离
让一根绳子悬着的心
叮咚作响

让四季凝结雨意

让盘算颗粒归仓

夜 读

夜晚我收藏一块方方正正的阳光
刚好贮满我方方正正的小屋

于方方正正中历数
方方正正的家珍

我把它们搁在头颅的高度
让它们方方正正我的一生

时 间

一串肥皂泡在阳光下生灭
一朵昙花在夜间走过

一口锅被日子击穿
一对翅膀掉下岁月的羽片

一位美人迟暮
一代江山易主

一条河流定期泛滥、断流或枯竭
另一条河无来龙,无去脉

奔向虚无

故　乡

从一支柳笛倾听
沿一缕炊烟鸟瞰
故乡的音容笑貌
正顺着一条小河流淌

一只鸡在院墙上打鸣
一条狗在篱笆边狂吠
一只猫奔奔跳跳
正耐力追赶
油菜地边的一对
轻佻的蝴蝶

一头牛站着
津津有味地吃草
另一头牛卧着反刍
它们好像从不认识

割　麦

满山满山的金黄
满山满山的黄金

山塬上的父老乡亲们
用镰刀唱响了
源自心底的
那一声声喝彩

倒下的麦子溢出清香
农人灼热的目光
霎时聚成太阳

五黄六月间
陡然聚集起来的幸福
一捆一捆的
一拢一拢的

黎　明

起先我只看到了
一块玻璃窗大小的黎明
刺目而眩晕

而窗外
一轮朝阳冉冉
正撑红着脸
从山坳深处
将黎明缓缓顶起

耳畔边
一声声没有来源的啁啾
把夏天的清晨开拓得无比辽远

垂　柳

风穿过
每一枝每一叶
静止了很久的垂柳
开始舞动起来
阳光适时地穿插在
每一个细小的空间

风过去了
柳条就垂下来
垂下来的垂柳
显得幸福而诡秘
它一定怀揣着
一个不小的秘密

怀念一颗糖

油灯下
慈祥的目光
把一颗糖
小心翼翼地

分成相等的两半

两半块糖
掉进两张嘴巴
掉进 1960 年
深深的除夕夜

分糖的人
是我过世二十多年的爷爷
吃糖的人
一位是我年近花甲的父亲
另一个是我未曾谋面
不到十八岁就死于痢疾的小叔

苦日子在年关
留了那么一丝儿甜

无　题

两个小屁孩脱掉鞋子挽起裤管
钻进一树坑里玩水
他们用脏兮兮的塑料袋
忙着把这一树坑里的水向另一树坑转移

街上浮着一层薄薄的淤泥
一些鲜嫩的叶片东倒西歪着

大人们的表情木讷或者惶惑
一场大暴雨夹杂冰雹刚刚过去

那两个小子玩得不亦乐乎
最后的一束阳光穿过云层
刚好映照在
他们布满泥巴的脸上

涉　水

远处的山,山上的草木
草木之上轻轻下落的暮霭
近处的一截河流
枝枝蔓蔓的水草
相依为命的卵石
还有一双涉水的脚丫

从源头到尽头
河流所以成为河流
从此岸到彼岸
脚丫所以成为脚丫

历经怪石和险滩
河流荡着浪花前行
怀揣自信和爱
脚丫溢着微笑淌过

苜蓿花

天空灰暗
有那一声清澈的鸟鸣就够了

旷野荒芜
有那一片紫莹莹的苜蓿花就够了

暮霭沉沉
有那一张灿烂的笑靥就够了

时光匆匆啊
有那一只彩蝶
片刻的停歇就够了

这一天是这样开始的

2009 年 3 月 29 日
这一天是这样开始的

早晨我睡懒觉时
儿子早睡醒了
没人给他穿衣服
他就光屁股在床上散步
把一件毛衣

甩来甩去
甩来甩去
毛衣把空气切割出哨音
让他很兴奋

突然
“啪”的一声
灯泡被撞碎了
碎成分子、原子后
均匀地洒落床褥上

儿子的兴奋刹那间没有了
我的懒瞌睡也刹那间没有了

意　外

因一件小事
我们又闹了别扭

不约而同
晚上我们以背对背的方式
表白自己的立场和坚定
当然，仅是一件小事
感情的波涛不会背弃理智之岸

就这样背对背熬着
心儿　心儿

怎么会在从前的菩提树下
独自忧伤

其实转个身挺容易
然而这个动作需要勇气
比第一次说我爱你的勇气还要大些
我们都甘愿静静地躺着

我们都作认真状
看谁最先躺成一棵树
一棵不屈不挠之树
谁耐不住了
就得先变成一只兔子
一只自轻自贱的兔子
必须向一棵大树
忠诚地撞去……

曾经,我们都为兔子
不过,这是第若干件小事了
我们都有经验
结果谁也没变成兔子
我们一直缩着身子熬到天亮

燕　子

低于天空

低于屋檐
低于五月一丛草的长势
一低再低

天使的翅膀滑过面颊
那么快,相信它们
在我面前制造了
一次又一次的真空

我挥动手臂
它们视而不见
众多的翅膀缠绕着我
相信它们的快乐
正波涛一样荡漾,淹没了
所有卑微的恐惧

或许此刻
一个满怀忧郁的人
对它们构不成威胁
它们的慧眼已经看出
我是在星期天的围墙里
持续加班的人

快乐的庄子

穿着粗布衣裳

趿拉着草鞋
饿着肚子去借米
但庄子还是快乐的
他把自己分身成车辙里的一尾小鲫鱼
对自己也对监河侯
同时诙谐地喊着:缺水　缺水

老婆死了
庄子也没有悲伤
他鼓盆而歌
犹如瓦罐的简朴旋律
在撞击后简简单单地生来
又在听觉后
简简单单地归去

吃饱了,睡着了
庄子也没有忘记快乐
他乘机变成一朵轻盈的蝴蝶
于万花丛中翩翩而飞且大笑不已
醒来的庄子留恋这快乐
就问自己:是庄周梦蝶
还是蝶梦庄周

庄子的快乐也是大鹏鸟的快乐
是尾尾苍条鱼的快乐
是一个大葫芦的快乐

是一棵大栎树的快乐
是一只小狸猫的快乐

没有谁能让庄子不快乐
没有什么事能让庄子不快乐

生命在他手中
庄子不能不快乐

李清照

鸥鹭惊飞后
一轮明月升上来
照着南宋的半壁江山
照着一段婉约的路程
冷冷清清　凄凄惨惨

乍暖还寒的深秋
砸得黄花遍地都是
一朵国破
一朵家亡
一朵战乱
一朵流离
它们不偏不倚向同一个方向速滑
于是秋与心的命运渐次走近

举着酒杯的闺阁佳人
一天天憔悴下去
孤独偶尔被争渡的桨声吵醒
但怎么会意
也不是双溪舴猛舟的歌唱
寂寞了就听风听雨
小风疏雨总不会淹没
梦中吹箫人归来的脚步

风停雨住花尽了
那明月照例清清爽爽地照着
太冷了
所有踏月归来的人都流着泪

独　舞

一个小女孩
正对着移动公司的巨大玻璃墙
快乐地独舞

满天闪烁的繁星做她的舞灯
而音乐来自
街道那边喧闹的旱冰场

凭借一堵玻璃墙
她就轻易地做了

自己唯一的观众
她的脚步移动得很快
从左到右
从右到左
她的快乐也追着
从左到右
从右到左

小女孩忘情地
只给自己一个人跳舞
她的快乐触手可及
她的幸福信手拈来
这个夜晚
她只看到了
玻璃镜里
越来越完美的自己

小女孩一直自个儿舞着
车水马龙也没能切断
她和快乐的约定

小房子

房子很小
四十多平方米
在临街的三楼

和楼房平行的是一棵树
每一叶片绿得发亮，透明而神秘
它们舞动，歌唱，呼风唤雨
或者把齐整的阳光
切成碎片，扔在地上
偶有小鸟飞来抖翅，张望，鸣叫
好像替树表达些什么

树下是车流人流
是马路一样真实的生活
人们大多匆忙
不留下脚印就消失了
偶尔也有慢下来停下来的
写一脸的茫然和伤悲
我就在小房子的阳台边
以虚拟的关注和同情
消磨好些时光

房子确实很小
但也容纳下家的全部
男人女人孩子
还有彼此离不开的缠绵

穿　过

蝴蝶

穿过
花丛
穿过
光与影

风
穿过
山坡
穿过
阴与阳

时光
穿过
岁月
穿过
昼与夜

爱情
穿过
婚姻
穿过
喜与悲

人们
穿过
生活

穿过
明与暗

萤火虫
穿过
黑夜
穿过
自己的光亮

她径直穿过了大街

她径直穿过大街
那么快就过去了
街上覆着的一层厚厚的冰雪没有妨碍她
街上来来往往的人流车流没有妨碍她

我看见她跃动的双脚根本没有犹豫一下
就从人行道迈上了大街
她胯头上的挎包燃烧着玫瑰红
合着双脚的频率一起欢快地舞蹈
恍惚间还分明看到了她漂亮的刘海
在冷冷的寒气和她自己制造的速度中
微微飘动了几下

真的没有必要担心什么
她摆动夸张的手臂支撑了身体的平衡

更主要的是她心里大概早就觉得
只是她一个人
要从这大街上穿过

岁　末

槐树枝头的几片枯叶
是岁末的最后几页日历
寒流频繁来袭
它们在大风撕扯中剧烈咳嗽

太阳呼吸微弱
又患了贫血
一睹脏兮兮的玻璃就把它置之度外
一件件羽绒服就让它的存在显得模棱两可

不远处背阴的山脊
覆着朵朵白雪
在坚守岁末的最后苦寒之后
它们将最先抵达春天

给蝴蝶拍照

已是仲夏
我仍想用春天的速度
按下快门

让一朵美丽变成永恒

你翩翩而飞
忽高忽低
忽快忽慢
我笨拙的脚步显得慌乱
有点醉酒的样子

我是多么爱你
爱这美好的一瞬
在蓝天白云阳光花朵泼成的水彩画里
一对唯美的翅膀独自扑闪着
一刻也不歇息
此刻,我因你更爱上了
这平淡朴素的生活

知道留你不住
就索性变成一朵花
在你身后静静地燃烧

无　题

风中
树枝扬起手臂
树叶拍起巴掌
这是一伙好动的孩童

在手舞足蹈

雨中
树静默下来
枝叶聚拢成一把伞
树干挺直脊梁
根系紧紧抓住大地
像一位中年人于暗中
付出努力和艰辛

风雨后
枝叶瑟瑟作响
不经意间有水珠悄然滚落
或者从枝干外皮的褶皱里
慢慢洇湿下来
树一晃就成了老头
满载着沧桑和伤悲

作者简介

刘天文，1975年生。1999年毕业于固原师专中文系。1997年开始写作，在《人民文学》《扬子江诗刊》《西北军事文学》《朔方》《黄河文学》《六盘山》《乡土诗人》《宁夏日报》《固原日报》等报刊发表过作品。有作品在区市获奖。2012年，获得固原市第二届新锐作家诗歌奖。现在彭阳县党校工作，兼任《彭阳文学》杂志执行主编。

唐　风

■马君成

唐　风

诗人应该具有自觉自愿的民族性
深思熟虑的民族性和乡土性
——聂鲁达《人民诗人》

梦回大唐　我只想见一见我的亲人

正是伟大的圣哲留下的一段圣训
求知,即使远在中国
是每个人的天职
暗合了唐王一梦
大唐江山风雨飘摇时
我们的祖先
怀揣梦想从沙漠深处上路了

远别故乡,不闻爹娘唤儿声
唯有赤子碧血染黄沙
不闻爹娘唤儿声

唯见驼铃声声里大漠孤烟直

不远万里，跋山涉水
鞍马劳顿，风尘仆仆
风餐露宿，迎来送往多少个
含辛茹苦的日日夜夜

艰苦的途程中九死一生
倒下的那一刻
渴望的眼神里
再也看不到故土，也望不见马可·波罗笔下
遍地黄金的中国
临终的遗言，也只能对着苍天诉说
出发前是一精锐的驼队
抵达时却形单影只

当天涯游子在中国生根发芽
大唐君主的愁容开始舒展
从此，皇宫里多了长髯缠头的域外大臣
大唐王权的天平上多了一重大号的砝码
从此，中国民族史上多了一重密码
一个新的民族渐渐形成

唐风，吹过我祖先遥远的断代史
吹过他们的面孔和墓地

残 简

1

挣脱黑暗的怀抱
让我迎接黎明苍天的洁白的赏赐
白云是牧人收获的羊毛
是我的兄弟采摘的棉花
是我枯秃的心田的一场雪
残冬将尽　我已从寒冷中苏醒
灿烂的阳光下
迎风飘扬着一杆不倒的红旗

2

向午夜敲了十二下的时钟索要失眠的报酬
向已经远逝的三十多个春夏秋冬摊牌
向这十多年来苦苦坚持不懈的耕耘举债
向灯光　向闲敲的棋子
向泛黄的往事索要诗篇

3

光阴倏忽间从指间溜走
连同记忆也变得如此世故和光怪陆离
追随着半生的一直没有好运
总是老黄牛般默默拉着纤绳
贫穷、困窘、潦倒，被人歧视、嘲弄
怪诞而微弱地活着
活在满身疼痛的西海固土地上
有一些小愿望早就实现了

但真正心里的梦想
还没有长大就夭折了
我亲手葬送自己的梦想
就像送走去年的自己

4

情长纸短
是竹简已经写完
是墨汁已经用尽
是毛笔突然折断
是灯烛忽然熄灭
是征战的号角已经吹响
而此刻,灵感正在喷溅

于是,成就了残篇

5

也许一切都可以重续
唯有才情　不可以接续
从一个线头开始
它像一件被拆的毛衣

6

正要弹出的音乐,突然弦断
正要被猎获的小鹿,获生于弓折
正要被砍头的罪人,得到一纸赦令

7

花朵告别花园,果实告别果园
粮食告别粮仓,是市场之手的操纵

夜晚告别黑暗走向灯火
妻子告别丈夫走向情人
学生告别学校走向网络
是娱乐的阴谋

星辰逃离天空
海水逃离大海
时间逃离钟表
知识逃离书本
是浮华的策反

婴儿逃离娘胎
语言逃离舌尖
牙齿逃离口腔
黑发逃走时
白发追了上来
一片喊杀

叩　首

我是一个单纯的孩子
来到这个世界上
背负着一个天真的使命
寻找并捡拾大地上的诗行
为此　我怕错过哪怕是

一鳞半爪的灵感
在寒冷的冬天赤着脚
走过坚硬的土地　国家的边界
在人们心灵的废墟上
播撒雨露　信念　梦想　荣耀

翻越千山万水　寻找钟爱的缪斯
有时候雪花冰封了我的思绪
有时候悲伤堵塞了我的胸膛
有时候笔尖上挂着夜晚的寂静的芬芳
有时候笔管里填满了月光的清辉
有时候笔尖蘸着自己的血液
和着钟表的嘀嗒声
却写不出一个字
有时候　落花飞红
夕照铺满笔尖行走的路上
行程十载　风雨兼程
曾经的柔情和蜜意
都被岁月的年轮悄然掩藏
到现在　只剩下几分剑气

但我始终坚信善意的心灵
迟早会结出甜美的果实
我相信在优秀的诗人眼里
人间的坎坷辛苦
都会变成有韵律的诗行

回信

我的诗篇如果为世人接受
痛苦归我，荣誉归你。
——莎士比亚

在岁月的风霜凌厉袭来的时候
在西伯利亚的寒流来临的时候
在被寂寞囚禁的每一个夜晚
为你打开我的诗卷　默默地读

我要在你迷蒙彷徨时
默默指路　然后静静离开
我要在你倍感无奈时
唤醒勇气　然后悄悄隐退

我要在你临风洒泪时
激将尊严　让你决不服输
我要在你攀上危岩时
大声呼喊　让你猛然醒悟

看遍你笔下的明珠是珍重
欣赏你艰辛生计中不屈的执着
不管人们如何评说
不管历史怎样记录

我要在你面对晓镜朱颜的叹息里

击掌赞叹　让你心生年轻
我要在你面对蹉跎岁月的感慨里
对月长吟　让你高擎诗的火把

也许曾经彼此忽视
时光却沉淀了相近的性格　相通的心灵
在凉薄冷寂之后的重新回归
在所有希望幻灭后的重新点燃
谁会懂得你眼底涌起的悄然变幻的颜色
谁会读懂寒窗灯下的诗人之魂
在梦之外　在现实之外
还有幻想填补生活的空白

如果相信未来
如果有一种信念支撑不弯的脊背
哪怕结冰的心灵
也会冰释痛苦　春暖花开

如果这世道不肯为谁而改变
如果命运已注定了一切结局
看透一切的眼眸
还需要流泪吗？

那朵玫瑰

被多情的眼睛注视

是你的幸运还是不幸

被权威的宽厚大手采摘
是你的荣幸还是悲哀

被遍尝人间芳艳的朱唇亲吻
是你的幸福还是痛苦

只可惜还在骨朵里
只可惜还未曾开放

只可惜采摘者
很快就变成了负心者

只可惜未曾招过蜂、引过蝶
只可惜你还太年轻,有太长的路要走

谁敢伸手碰你
定要他看到片片落花

悲剧
把鸟儿送到海洋游泳
把鱼儿送到天空飞翔
把花朵嫁给冬天飘香
把功勋赏赐给作恶者
把权力交给豺狼掌握
将羊交给狼放牧

将老鼠交给猫管理
将冰块交给火炉看护
将灯烛交给大风培养
将微笑交给痛苦收藏

手心上的蝴蝶

——献给一位朋友

啊,你自夜色中和我对话的朋友
请递给我十指纤纤的你的素手
——昌耀《良宵》

这个城市变然变得温暖
这个城市瞬间变得宁静
仿佛有一双无形的妙手
敲击了一块巨大的醒木
让一切喧闹都安静下来
让所有的眼睛都聚焦在
一只美丽翩跹的蝴蝶上

我的掌心温暖地向着阳光
那蝶儿在掌心上面轻轻地
让空气变得宜人而舒心
她的翅膀上带着
莱茵河畔勿忘我草尖的露珠
着万花丛里的芬芳

带着千古的传奇
带着梁山伯与祝英台的幽魂
来不及细数每个一虚度的年华
袅娜的丽姿就能改变我的季节
只有从现在回到过去
从过去跨过现在指逼未来
诗样的年华　我是多么幸运
我的手心虽不是花丛
但有蝶儿垂青　我空空的掌心
也算是拥有了整个世界

蝶儿啊,蝶儿
目光所及,虽没有花粉和花蜜
但你已把甘甜带到
我知道你不会停留很久
我也不会把手攥住
我懂得有一种美丽叫做放手
广阔世界才是你的舞台
而疲惫的我脚力不及
蝶儿,蝶儿,
飞吧,飞吧,飞出一路风景
我会含笑为你祝福

作者简介

马君成,出身寒门,小善微才。天性安静,内敛,谨言。好读书,耽于幻想。酷爱书法、文学。20年来,尝试诗歌、散文、小说写作,发表若干。

说给皇甫谧

——献给皇甫谧一千七百九十一岁诞辰

■梁宗科

说给皇甫谧

——献给皇甫谧一千七百九十一岁诞辰

如今乡亲们说
你还身着粗布
依旧守着皇甫湾的古堡!?

是的
你曾守着皇甫湾的古堡!
你曾守着生长那古堡的黄土!!

在那孤寂遥远的年月
你的日子为什么渐趋沉重
让病魔压弯脊柱?

传说是你猛然回首的倔强

挑亮了夜的油灯
以身尝试神秘的银针
苦读流失的光阴……

当一个迟到的黎明来临
你的才华
横溢了东南西北

慕你
就连黄袍和那鞍前马后的兵丁
也倾倒于朝那的古城

慕你
就连那板着面孔的《圣旨》
和一贯昂首故作的长腔
也向这皇甫湾乞求……

从此
你响亮的“皇甫谧”
何止“洛阳纸贵”——

现在
我就告诉乡亲们
如今的你
已弃了拐杖
拄一根银针

正巡诊世界……

怀　念

——说给我的曾祖父

听我的父亲
一次次说起你
连同你生长的岁月——

你来世间
走来走去
始终没能走出方圆五十里

苦恋几亩黄土地
你耗尽了一生
可
命运只长出了你手掌里的块块厚茧

在野菜充饥的秋月
在风雪裹体的寒冬
是谁把一个个疲惫不堪的黄昏推向你
让你在门前的岁月里坐成一尊雕像
——你用含满血泪的双眼
看着
满目疮痍的故乡
看着

狼烟闭月的河山

——你空有了七尺身躯
和一双有力的大手
用血和泪抚养子孙
用默默无言留下了心愿……

一个世纪过去
如今
你是老家门前的那棵大柳树
我们看得见
你如窑洞的瞳孔
放射出的
无尽的哀怨和无奈

一个世纪过去
如今
风为你述说
雨为你奠祭
你应笑看
这山里已长起的树木花草
这黄土下已茁壮发芽的种子
你的子孙们
已在如歌岁月……

怀念你啊
苦难终身的曾祖父
怀念你们啊
同在那个年代里
和你一样的
千万个老人……

望红旗

每次
望着您——红旗
每次
我就被融入
那时间和空间交织的
峥嵘岁月

那里
雷和电搏击着暴风骤雨
那里
泪和血涂染着刀光剑影
那里的路
崎岖不平布满荆棘
那里
无数的英雄
坚贞不屈前仆后继——

虽然
九十年已成过去
可艳艳的红色
依稀燃烧着战火硝烟
那号角的呐喊
依旧清亮
密集的枪弹
呼啸着穿过耳边
千疮百孔的战旗
哗啦啦地飘扬在
铁锤和镰刀之上
在高昂着的头颅之上……
英雄们开始一次次冲锋
一次次
我看得见
一张张陌生而又熟悉的面孔
还在挥汗如雨
一次次
我看得见
那挺挺的胸膛
还喷涌着鲜血……

我揣摩着
那一次次倒下的青春
那一张张年轻俊秀的脸庞
那一次次从容不迫的牺牲

他们
都曾经笑对哪位慈祥的母亲——

曾是一个个活蹦乱跳的生命
曾是一株株白杨一朵朵鲜花
可为奠基共和国
化作成千上万的忠魂
融进了共产主义的信念

向上　向上
织就成高扬的旗帜
鲜红　鲜红
绽放昨天活脱脱地微笑
啊,那一个个共产党人
那一个个让敌人胆战心惊的名字
那一个个让劳苦大众感到无比亲切的名字

红旗
在风中哗啦啦地飘扬
在世界东方的长空
哗啦啦地飘扬
定格成了永恒而绚丽的红霞

一次次
我望过您——红旗
一次次

我终以泪洗面……

多少年过去
我就这样
一次次读您
让我心灵的爱和恨
一次次发起冲锋
让热乎乎的鲜血
一次次涌进我的瞳孔
涌进我的血管
哗啦啦地流进我的胸膛
奔腾着
奔腾着
如黄河　似长江……

我们去看璎珞宝塔

我们
从茹河岸边
从二〇一二年四月七日的早晨
出发

风很轻很轻
天很蓝很蓝
我们一路向北　向北

颠簸于百里崎岖
起伏在群山峰峦
我们去找寻张侃高氏
去找寻嘉靖三十年二月初一立的
璎珞宝塔

峰回路转
我们驻足深涧
遥望对面的七个山！

宁静的七个山
盘膝而坐双掌合一
把一种虔诚
奉向面前静立的璎珞宝塔
已五百年过去……

我们不知
这里相望的村落从何时开始
半睡半醒于世事轮回
想必是亘古不变的希望
至今支撑着那么多未塌陷的窑洞
如疲惫的眼睛
静观着这沧桑的人世

这环绕的群峰
曾祈求过什么？

这静静矗立的璎珞宝塔
可曾捧起这山涧的溪水
抚慰过干渴饥饿的生灵？

乌云寺去了哪里？
方丈的念珠
可曾断落塔前？

谁会肯定
最初的这里
完全不知
遥远的京城曾有多少王旗飘落？
又是谁
为何要躲在这里
匆匆抖落红尘？

不知这碑上的张侃高氏
今去何处？
为何要让这高高的璎珞宝塔
至今
默默孤守寂寥？

遥想当年
凄然是
微风依依
茸草离离

塔铃阵阵……

真可怜
塔院里那几块瓦砾
在今日
要沉默于斜阳……

作者简介

梁宗科,1962年11月出生。1981年毕业于固原师专数学系。在《彭阳文学》《六盘山》《宁夏法制报》《固原日报》及《诗刊·未名诗人》等报刊发表过诗歌作品,有作品收入《新千年的祝福·诗歌卷》。先后在彭阳县第一中学、彭阳县第二中学工作。现任彭阳县第二中学党总支书记。

战国秦长城

■王宏东

故园回望

那炊烟袅袅升起的山坳
那长满庄稼和羊群的黄土坡
那民谣与梦想繁衍生息的场院
那是我所生活的地方

泥土一样的村庄
泥土一样的纯朴
泥土一样的风情氤氲

空旷的原野敞开心扉
暮色中传来母亲深情的呼唤
那是我所怀念的家园

从坎坷山路上蹒跚走过
从青黄的季节中风雨知命
从年复一年的心事中穿梭而过

期望中浸泡着忧伤
忧伤中延续着期望
那是我所回望的故园

伫立于所有的想像之外
无边的星河梦光浮动
点燃心中那不为人知的秘密

古老的渡河放逐岁月的沧桑
谁把几十年的沉默珍藏
谁在无雪的冬天离家出走
谁在苍茫的黄昏倚门远眺

我就是那漂泊于旅途中
一轮失重的弯月

十年树木

渐远的天幕寂然坠落
许多未及收回的目光
挂满初秋的枝头
你的歌声为谁沉重

守住这一片天空
最终站成一种标志　指引着
某个方向某种结局　以及

茫茫沉默中的顿悟和仰望

聆听天籁之外的声响
十年的时光亦水亦火
在你的年轮打造如铁的枝干
绿荫的梦从每一个春天启程

最苦最宿命的旅程
如此简单地呈现于
风雨之后淡泊的宁静
几片落叶掠过我的手心
留不住飘逸飒爽的神采
抑或是告别脉络清晰的青春回忆

你的心事依然泊在古老的渡口
迎着远方涨潮的涛声
琴弦在临风而歌中断裂
苍老并不是唯一的理由

雁阵飞过
天空更加空阔高远
流浪与归途都有伤痕累累
也一样淡若秋水

日　子

那些风雨中的往事

挂在屋檐下
湿了又晾干的心情
明明灭灭

记忆总伴些缠绵悱恻
絮絮叨叨
在寂静的夜空闪烁

牧归　炊烟　暮色苍茫
我深深怀恋着
一个村庄的盈实
日子是条幽幽的河

刻痕是怎样地爬上
你鲜嫩的笑容
忧伤或者美丽的疼痛
不是伤口的伤口

多少昨天的想望
转瞬成为今日的茫然
日子起起落落
抖落多少沉重的叹息

一位多情的浣纱女
反复洗换季节的霓裳
为了你

鲜亮的一天

战国秦长城

曾经横亘千里
雄浑朔野
筑起文明的崛起与对峙

曾经横刀立马
顾北望南
熄却劫掠的烽火与硝烟

阻挡过剽悍的游牧铁骑
终究未挡住千年的漠风
撩夜的牧歌
和一个女子的眼泪

只要有风有雨
就有延续的黄土情结——
绿色在无声地蔓延　枯荣
唢呐声声
催开过春天的花
远去了秋天的云……

雁去雁归
当一个伟人从容跨过

打破千年的沉默
——不到长城非好汉
一条路向远方延伸

秦月依稀梦
抚慰过多少悲欢离别
旷古的风穿越时空
依旧诠释着古老的历史注脚

过白马庙

那匹传说中的白马
御风而行
扬起远古的尘埃与喧嚣
漠风萧萧的北方
没有尽头的尽头

穿越历史的长空
仰天长嘶
惊醒梦中的冷月清辉
烽烟四起的北方
没有归宿的归宿

一颗失落的心
跌进最深最冷的荒芜
燃起千年香火

落地生根

时光一样的白马
洁净的天空下熠熠生辉

秋　意

一场秋风
一场秋雨
洗尽铅华
淡淡的云
素素的妆

阳光像母亲的手抚过田野
山坡上那一抹菊香
为谁守候这个秋天的秘密

我在秋的掌心穿行
聆听一片落叶的清唱
梦一样的枝头
说出斯芬克斯之谜

翅翼掠过天空
你在秋水之上
揉碎一轮弯月
我在归途的路上
踩痛梦的影子……

日子

那些风雨中的往事
挂在屋檐下
湿了又晾干的心情
明明灭灭

记忆总伴些缠绵悱恻
絮絮叨叨
在寂静的夜空闪烁

牧归　炊烟　暮色苍茫
我深深怀恋着
一个村庄的盈实
日子是条幽幽的河

刻痕是怎样地爬上
你鲜嫩的笑容
忧伤或者美丽的疼痛
不是伤口的伤口

多少昨天的想望
转瞬成为今日的茫然
日子起起落落
抖落多少沉重的叹息

一位多情的浣纱女
反复洗换季节的霓裳
为了你
鲜亮的一天

最后一页日历

不用再去翻过
岁月的谜底早已搁浅

最后一张纸的厚度
载不动
深藏一年的情结

一页页撕过来
日子的碎屑堆满桌面
风中留下谁的背影

打开又合上一本书
你聆听寂寞的诗句在唱歌
曾经无法抵达的梦
依旧灯火阑珊

怀念一首歌

曲终人散

是谁独自留下来
怀念一首歌

有一首歌
曾经流行似风
风中舞过青春的枝条
有一首歌
曾经月色如梦
梦中诉说着淡淡的忧伤

歌声远去
沿着退潮的喧响
多少熟悉的身影随风而逝
我却无法留驻
一块美丽的碎片
无处找寻退却的路

一生中有多少歌声流过
唯有这一首歌
穿越无数次的尘封淹没
那缤纷飘落的雨花
一次次敲响沉迷的琴弦
湿润的旋律潸然而下

这一生中的一首歌
我的怀念如诉如怨

温暖着孤寂的旅途
花开花落

榆树的村庄

一场酝酿已久的雪
轻盈地洒落
这个冬天的厚实

落叶远去
穿越季节的荣枯
枝干沉默于淡淡的寂寥

多少次目光驻足
留下怅然凝望
梦无枝可依

多少回擦肩而过
匆匆的脚步
把欲言的目光掩饰

蓦然回首
你的影子
早已繁荫似锦
珍藏过太多的记忆
化作缤纷飘落的泪花

片片都是思念
——踏雪无痕
将所有痛楚深深地掩藏

越过空旷的苍穹
是你伫立在风中
守望着绿荫的梦

作者简介

王宏东，笔名弘东，宁夏彭阳人，出生于1970年2月。中共党员，大学学历。从事过统战、纪检等工作。业余爱好诗歌写作，曾在区内报刊发表诗歌作品多篇。

茹河,我的母亲河

■韩建军

茹河,我的母亲河

茹河点亮了我的彭阳
摇曳的柳叶倒影的楼群小树为你涂脂抹粉
宜居小城一首和谐的乐曲
轻轻地告诉我你的历史你的沧桑你的浑厚
斑驳的瓦砾遥远的碑石镌刻远古的记忆
茹河轻轻地从这里拐了一个弯
在栖凤山下画了一个圈

茹河,我的母亲河
宁静的是一份优雅和旖旎
没有了宣泄没有了昏暗
宜居的小城,山清水秀
宜居的小城,天蓝树绿
晨曦里把希望从东背到西
夕阳下把希望从黑夜背到黎明
年代不是久远的这个小城

从来都是希望满藏

宜居的彭阳,我的心中的旋律在一直徜徉
宜居的彭阳,我的心中的和谐在一直延续
我的彭阳我的蜗居的小城
蓝蓝的天上白云飘
白云下面茹河东流去
母亲河的传说和故事娓娓动听
我的母亲河,我的延伸的茹河
我的母亲河,你的精彩美轮美奂
宜居,因为你的轮廓包容我的思想
宜居,因为你的怀抱那么温柔
茹河,彭阳的母亲河

那山那水我魂牵梦绕的地方

山推着山挤在一起
家乡这山有我熟悉的味道
花儿开了又落了
尘封的记忆里有曾经的故事
沿着此山至那山
小溪和泉水洒落在山脚
袅袅炊烟升起的时候
故乡,你最让我牵挂
依稀的苦菜花
是记忆和期望

我那手编的竹筐里面
装着童年的梦想
父亲的身影伴随我成长
我会在不经意间想起来
抑制不住的泪水是苦的
那山那水依然

行走在冬日的都市

走过黄土地的这个宁静的午后
穿越弯道
行走在冬日都市
感觉依旧是往昔的记忆
喘一口气
你的热随着冬的侵袭
消失在都市街道的上空

那冷寂的混凝土气息凝重的楼群
把干枯的无味的冬
浪迹在广阔的天际边缘
想捧一丝稻草
想它的曾经和它的缘由
你在那里找寻
任凭东西南北风

这条路行走了无数次

变得不再那样的漫长
划过车轮的路迹
把时空抛在天的那边
行走冬日
有咖啡味道的记忆或许留在夜里

翻一页时刻的书页
不再想它的前言
只会去享受哪怕是一点点内容
用什么区诠释它呢
在冬日的都市的街头
找到了你的选择
冬日是寒冷的又是企及的

从希拉穆仁到库布其

不必说碧绿的草原风情
也不必说广袤的库布其
单是那一望无际的塞北荒漠
就让你清晰了许多
住惯了钢筋混凝土的高楼大厦
单走这荒漠的西北疆域
就让你感慨了许多

在青城遇见公路卫士
邂逅铿锵玫瑰和京城的甜心

网络让我们彼此坐在迷人的蒙古包
喝一口清香的蒙古奶茶
没有了城市的宣泄
扑鼻的马粪味把我们撒落在缥缈的广漠

阴山的热情拥抱着我们
聆听帝王之乡的传奇故事
只识弯弓射大雕
一统天下的成吉思汗
留下蒙古人粗狂、憨厚的羊膻味
就着奶茶,吸一口草原的空气
思绪飞过一望无际的希拉穆仁

库布其就像腾格里大沙漠一样的广阔和神奇
响沙你需要用心去聆听
沿着母亲河的伟岸
我们是公路的行者
任凭滚烫的沙留在脚下
把库布其的故事和传说带回六盘
萦绕耳畔的是德德玛婉转动听的草原夜色美

呼和浩特,一座神奇的城市
相坐在凯胜楼,我们畅怀心声
那些老编的热情用语言激活了公路卫士
蒙古人的烤全羊是惹人的香
从希拉穆仁你会感受什么是广阔

从库布其你会感受什么是宽厚
喝一口马奶酒,你便领略热情的青城

在郊外的荒漠
一代美人王昭君依然风姿怡人
从长安大塞外的古道上
曾经的婀娜多姿,曾经的闭月羞花
让大汗倾心
让时局和谐

古老的民族古老的文化
难忘马奶酒和清香的马奶茶
悠扬的马头琴永远诉说着一个美丽的传说

午后趴在窗前看街景

点燃一支烟趴在窗前
看着一个个人走过临窗的这街道
黑夜的思绪随着阳光移动
没有鸟声鸣叫的这个季节
哪怕我看到一丁点的绿
都会深深的隐藏
枯萎的这个冬天因为没有了雪
连飘落的云朵都淡然无味
找着永远的记忆

曾经翻过的扉页上
写着从春到冬的语言
在那些落雨的季节
宣泄的早晨和寂静的午夜都在守候
不厌其烦地听着一首班德瑞的琴曲
在雨夜的徘徊一直等到冬日
从阳光斑斓的那天
我一路向西看夕阳
没有了乌云的午后
山的轮廓一直包容着仓促的小溪

趴在窗前把心静在空间
凝聚的情绪不会演绎经历
看着一只灰麻雀飞上灰暗的天空
柔弱的空气在瞬间消散
街景很深很浓
就是没有过分的渲染
我用脚步丈量着从这边到那边的距离
不远还是不近
街景很淡很浅
我用心感悟今昔
不错还是不对

窗前明月光

窗前的月光洒了一个斜影

映在不大不小的这屋
没有怀疑那是霜落地上
秋天如此的远去
临冬的这霜不经一丝温暖
消失殆尽一丝不存

捧着这卷书
回眸瞬间的记忆
仰望明月高挂
夜空里填满了星星
曾经的唐诗留白着今人的独白
穿越了空间去找寻彷徨的心怡
这夜,在月光中宁静如初

俯视来往的足迹
回想故乡
一直延伸到远方的那些轮廓
隐藏的遗憾不再忧伤
低头思故乡
背起月影远行
徜徉在时空的穿越中
把深秋的思绪一直延伸

时光走在七夕的桥上

走在七夕的桥上

我试图忘记曾经遗忘的感觉
你虽然在遥远的彼岸
我依然可以听到你的心跳
一年一个轮回
一季一个变换
我把曾记得曾经糅进烟丝里
化作一个烟圈消散在彼此眼前

一路走来已经是沧桑饱含
在周折的路上没有徘徊
没有过彷徨,没有过迷茫
七夕其实不是情人的节日
不懂得爱情的时候俘虏了爱情
遥远的神话诉说着一个美丽的爱情故事
难道天堂还有我们的故事
五百年前的缘一直延续到今天
横亘至今就像躺着的碑

假如能够回到往日的时光
我会从至初就拥抱这份牵绊
一首歌撼动一份情
一段路感悟一辈子
多雨的这个秋天
我最爱听手风琴的曲调
就是走在七夕的桥上
繁星点缀的夜空

我咀嚼淡淡的茶水
吸一口烟，惬意在这个静谧的夜里

把一句句话语堆积在一起
想着就是一首永远的诗歌
仓颉最懂得心思
二十个春秋的磨合是一个历练
走在七夕的街道
把时空定格在瞬间
我的南岸，是你的港湾
我们的每一天都是七夕
因为时空永远是我们的
七夕其实不是我们的节日
你温热的茶举眉而笑

在风居住的街道

清晨的第一缕阳光穿过婆娑的树叶
静静地打开八音盒
聆听风居住的街道
娓娓的曲调随着心情宣泄
雨打湿了一夜的疲惫
早餐是这首曲子
追逐沙摩柯曾经的梦幻

在风居住的街道

我从东走到西一直延伸下去
耳畔动听的些许童声
把我的记忆勾起
我试图找寻那点残存的片语
向东三十里
就是我的斑驳的记忆
每一个梦幻都在故乡的溪流里

我走在风中
顺着的逆着的都是我的契机
没有了风景的这个街景
在秋日的午后去看天
这是我一路的街道
一个字符都不想拉下
一个音符都想唱出
跳动在黑白相间的键盘
一路走过去就是一段旋律

守望雨夜的记忆

走走停停,游走指间的字符
淅淅沥沥,穿梭黑夜的细雨
一条寂静的街道
滑过夏日的这份烦躁
恍惚之中的记忆在遥远的彼岸
曾经蜿蜒的小径

布满足迹的你的轮廓

茶语,把雨夜推向黎明
找着只言片语试着堆积
我的烟圈是你的影子
雨声,何曾没有打动我的心怡
思绪就在刹那间凝固
跳动的音符在旋律中萦绕
心情如醉如痴

走入这个绚烂的空间
一直想静静聆听心的跳动
庄园里布满曾经的痕迹
从东到西,没有停留过
品一曲长歌,叹雨夜旖旎
赏一轮圆月,听涛声依旧
我在庄园里守望雨夜的记忆

守望庄园

你裸露的躯体
散落在沟壑纵横交错的空间
我穿越时空的隧道
七零年代的记忆遥远模糊
脑海里只装着简约的过去
因为曾经的贫瘠

背负太阳从今昔走向何昔

我的庄园是我的梦想
因为凝视荒原、
山背着山,沟推着沟
挤出了一片台塬
只有那里可以长出希望
就算是天堑
也会变成通途

从蹒跚走向蹒跚
是一种成长是一种消失
庄园在彷徨中不再缄默
梦中的城子阳
梦中的古堡
是庄园永不消失的档案
把历史封存

如水的年华远去
把梦折叠成小船
放飞思绪让它飘摇在庄园的时空
从这个节日到那个节日
轮回了生命
摸扶你的面庞轮廓还是如初
躺着也是对庄园的敬仰

黑夜与白天交织
在错与错之间徘徊
在对于对之间徜徉
沿着此岸走向彼岸
迁徙着生活迁徙着情感
庄园还是庄园
几十年演绎着生命的轮回

春天的情思

冬已去,寒风不再
消散的云儿带走了枯萎的季节
飘落的雪花里凝聚春天的希望
聆听菊皇茶语的委婉节奏
把冬天挂起
任凭寒风吹打
因为春天来了

走在挂满灯笼的街头
春节的气息特别的浓厚
年就在这头和那头之间游荡
打发了腊月
迎来了春月
没有了喜鹊站在树头的鸟语
拔地而起的这楼越来越高
把空间挤缩

满地的雪铺盖在希望的土地
看一行行足迹延伸
落叶早在这个季节里腐化
思绪没有划痕
淡淡的节日淡淡的记忆
蔚蓝的天空漫天没有一丝云朵
春天就这样蹒跚着来了

冬日午后的窗外

这是一个宁静的冬日
在午后的时候阳光淡淡的洒在窗户
夹杂屋子里的气息
我从来没有停息过的一个追求
我从来没有感受过的一种渴望
幽柔的光线倾斜在窗户上

天马行空的去想
思想盘庚在一个空间没有一丝的停留
情绪感染在一个没有了月光的夜里
我试图一天天的找寻
没有了过分的期盼剩下了彷徨的躯壳
蓦然回首,句句诗雨拍打在肩膀
淋湿了我干枯的心
思绪在某一天或许会变化

曾经执着的追求誓爱的文字
一枝秃笔穿透我的文字我的片语
我还是如初一样的追求
对语言的犀利对文字的渴求
一行行都是绽放的花蕾
没有看过花开的过程
也会享受花香的季节花香的味道

我从东山走来,一路守望
我的思绪游走在茹河的岸边
窗外的那束斜阳微微的溜走
把语言装在行囊中感悟天籁般的寂静
摇摆的风铃如初
唱了千百遍的那句歌语飘在窗外
一丝丝冷意侵蚀而来
心,在聆听在跳动在穿越时空
这个片段或许会重现梦中

作者简介

韩建军,1971 年 5 月出生。中共党员,毕业于长安大学公路学院,路桥工程师。现为宁夏彭阳县公路管理段副段长,中国公路建设行业协会筑养路机械分会专家会员,宁夏交通书法协会会员。爱好文学、书法、摄影,有多幅书法、摄影作品在区、县比赛中获奖,多篇文学作品散见于《中国公路文学集》《固原日报》《彭阳文学》等。

白马庙

■牛德生

白马庙

从生命的渡头走来
沿着季节的弧线
一步一步
走过深秋
走过严冬

谁把滞重的脚印遗留远古
谁把凝厚的身影镂刻至今
裹覆尘埃的足步
是否载得动苍悴斑斑的心
和已远去的面容

有谁又曾明白
你正用独行的步履
延续着生命之外的
另一种传说

有一支队伍走过

有一支队伍走过
丝绸古道
拾起一枚波斯金币
一道道耀眼的光芒
一串串叮当的驼铃声
在茹河两岸响彻

有一支队伍走过
朝那古城
惊醒皇甫谧孙印
一曲曲壮志豪情
一件件动人故事
在栖凤山下流传

有一支队伍走过
长城烽火台
拼着秦砖汉瓦
一幕幕保家卫国图
一阵阵夜幕下的拆声
在人们心中荡漾

刹那间
茹河两岸
红了

六盘山上下
红了
长城内外
红了
中国大地
红了

有一支队伍走过……

你　没有名字

——奉献给任山河烈士陵园的无名英雄

长眠在地下的战士　班长　指导员　政委
我不知道你们的名字
只知道你们
在一个战马嘶叫的平川
在一个枪炮狂扫的山坡
在一个冰雹倾泻的深沟
无论战刀多么锋利
无论弹炮多么密集
无论冰块多么硕大
一样的冲锋
一样的勇敢
一样的视死如归

没有名字

你们没有名字
你们把一生中
最后一口气
最后一滴血
留在了不知名的土地上
因为你们没有名字
生你养你的母亲
不知翻过了多少座山
不知渡过了多少条河
天里地里地找你
到现在还是
找不到你

没有名字
你们没有名字
在彭阳
洒下最后一滴鲜血的你们
没有留下名字
没有名字
你们没有名字

作者简介

牛德生，生于1965年1月，宁夏中卫人，大学学历，中学高级教师，县政协委员。现任彭阳县第一中学高中语文教师，彭阳县作家协会理事、固原市民间文艺家协会理事，《彭阳文学》《参政议政要报》编辑，固原市地方教材编辑，参与编辑政协文史资料《彭阳神韵》《彭阳情韵》等，发表诗歌、报告文学及论文多篇。

怀念孔子

■刘天武

怀念孔子

不是诗仙吟诗
不是佳人抚琴
一位春秋老人缓缓举砚
将儒家的墨香
自华夏之北倾泻而下

一座丰碑刻着孝道与诚信
古老的篆文闪烁如蝶
孔子被仁义之道熏陶得
嶙峋之瘦
一种儒雅温热如酒
溢出粗布长衫

朗朗书声穿过历史的云翳
于乡野间飘逸优哉
《弟子规》幽幽透着乳香

这些母性的音质
滋养我失重的躯体和内心的清贫

而我终于
立于感念与现实的腹背
把生命想象成一条戒尺的宽度

一本书羽翼般展开
我听见孔子远逝的跫音
如花蕊展开的声音

锁

黎明被夜上锁
梦被现实上锁
我被心上锁

让我的双脚以根的方向生长
让额头贴近鸟的飞行
听——青草出芽的声响
像一把掉落的钥匙那样
清脆

咀嚼　风洗过的阳光和疼痛
季节深处
依旧透出乳香和青草的气息

那么自由　那么安详
涉过嘶鸣的涛声之后
体内席卷起
一场暴动

我的躯体我的铺
我的原野
我忧伤的笔尖张开嘴唇
氢原子氧原子鱼贯而出
一条潮湿安静的河水正潺潺流淌
就这样打开一个时节
种植我的诗歌
放牧我的年华

端午节

粽香和着炊烟的味道
溢出母亲的手掌
五月的山风
把心情托得很高

亘古的风声越过城垣
《离骚》的谱子在乡下五彩缤纷
一位在龙舟上煮酒的诗人
在历史的障壁之下喘息
他用笔蘸酒

刻痛我经年的记忆

节气含辛茹苦滋养着家园
干涸的土地在笔下绿着
父亲翻开家谱
一阵泥土的气息漫过他的白发
乡愁层层叠叠垒上眉角
思想的虫子
噬咬一封没有结尾的家书
在窗的南面
满山遍野的苞谷和野花
正朝家的方向匍匐

思想的鞋子
在湿漉漉的日子里穿行
我的笔尖
穿不透厚重的乡情

六月麦子

阳光被节节拔高
六月开始提速
任灰色土壤怎样呐喊
你依旧高高在上
你举起比黄金高贵的头颅
向下俯视

当初
你究竟怎样从层层苦难中突围而出啊
在缺氧的地底下
从一只虫子开始剥茧
直到在镰刀的光芒之下
颔首绽放笑容

日子一茬一茬被收割
只留下皱纹一样的记忆
在炎热肆虐的时候
我多想变成一颗麦穗
以我体内仅有的汁液
注入土地
赎回父亲被窃取的汗水
我多想回到打碾场
将躯体袒露在阳光之下
与父亲的笑容一同
颗粒归仓
如果
我依然不能被摔打成一粒种子
父亲啊
我将不再飞翔
我宁愿站在您的土地上被风抽打
我要寻找
您和爷爷的膝下都藏着什么
就像千年裸露的树根被雨水冲洗千年

它孤傲的裸露
深情的深埋

跋　涉

很冷的月　挂着很冷的黑
很冷的黑　把月挤压得很瘦
生命被这样抛出
在空洞的世界
像悬挂着的一首
凄凉的诗

风把路拉长
路把脚步拉长
走着
摇着
呼吸坑坑洼洼
这一地的月华
把脚步陷得那么深

作者简介

刘天武，生于1979年。1999年毕业于宁夏粮食学校。

城市尽头

■王　娟

城市尽头

夕阳的余晖笼罩城市尽头
那是我的家乡
没有繁华的街市
没有炫目的广告牌
有阡陌小路
有白墙红瓦的可爱小屋
有饱经风霜的父老在劳作
有纯洁的想法在田野中抽穗拔节
有炊烟袅袅
有赋闲午后的云气氤氲
有乳汁般香甜的清泉
有如镜子般光亮的圆月

这片土地芬芳着泥土气息
黯淡了尘世的繁华
她所在的地方
是我灵魂的家乡

菊花魂

——致长江大学三位英雄

秋水无情
吞噬了　飘落的菊花
纯美的灵魂飘过
奋不顾身的清香
他们——
告别了校园的晨钟暮鼓
告别了梦想帆船
诀别了至爱亲朋
诀别了灿烂阳光

昔日的欢声笑语
如今只能倾听天堂遥远钟声
匆匆而过的倩影
留下青春的笑颜
短暂里程
是生命宽与高的阐述

庄穆敬礼
衣袖早为泪滴浸湿
一束束怒放的黄菊花
是送归英雄魂的赞礼

作者简介

王娟，生于1991年，宁夏彭阳新集人。现在银川上学。

梦，我的六盘

■陈云飞

梦，我的六盘

一缕没有喧嚣的光亮
一丝泥土的清香
上个世纪也许你就是我的梦郎
一次次回眸弹出十几个春秋
但总看不够　忆不完
今夜又踏上了你的路
一眼望不到边的故乡水
吟不完的故乡谣
牵引我的脚一步步……
月色穿着新装
流水把我引入它的怀抱
灵韵　就是六盘山的灵韵
是的
前世你抹去了我的孤寂
今生注定我为你漂浮

夜下的日记

夜深人静的时候
杨树与东青摇曳
悄无声息掠过门前的影子
透着几分倦怠　几分倨傲
莺飞草长
灰白的墙　青色的瓦
窗里辉映着烛灯的妩媚与娇嫩

浪漫襟怀暗暗得意
踱闲步乘凉归来
一把竹椅
静静地打着盹儿
是时候了
我将所有的祝福倾入笔端
借着星星和明月
捎回我的故乡

走过大西北

西北没有明丽的朝华
只有冷不透的窑洞
夕阳　西北风
缕缕炊烟托起你的手
热炕旁的炉火　滚滚烈酒

西北没有剔透的街灯
只有璀璨的天空　满天星斗
盈盈月光
掠过夜色的枝头
结着希望　挂满梦想

西北没有镶嵌着海洋
只有一道道山梁
黎明　背起行囊
汉子牵着黄牛
走在黄土坡上

作者简介

陈云飞，1990年出生，中共党员。现就读于银川能源学院。2008年年底出版个人诗集《云飞诗刊》，2012年4月出版个人诗集《灵莽》。

彭阳三题

■时　权

茹河水

一条无瑕的丝带
缠绵于黄土高原裸露的身躯
一种深深的责任
奉献于这片贫瘠荒凉的土地
清纯的茹河水
带给彭阳人
一种坚定的信念
有心的彭阳人
给予你
只有无限的爱恋

栖凤山

一段美丽的传说
留给塞外一座苍翠的青山
栖居的凤凰已去

而山腰的古亭
却依旧
向世人诉说着
你永恒的美丽

五峰山

一种精神
成就了你
永恒的五指相连

一种信念
铸就了你
满山的松柏苍翠

一个声音
敲响了你
悠悠不尽的钟鸣

一个愿望
留在了你
袅袅不竭的雾霭里

作者简介

时权，生于1985年，宁夏王洼镇人。曾担任彭阳县一中茹河浪文学社社长，发表作品多篇（首）。

追寻母亲

■海　静

追寻母亲

如果想像能借我一双翅膀
我愿成为安琪儿,去做飞翔的天使
穿越每一次的迷惘,携带每一丝的希望
去把您追寻
我日夜思念的母亲

是您温暖着天使的灵魂
让我在旅途中,不再寂寞不知疲惫
是您造就了天使的身躯
让我的旅途,一路春光明媚
可我却从没找到您的足迹
我日夜思念的母亲

当天使的翅膀受伤
想到的是您
即使在我的人生中
您是永远的缺席者
但,血浓于水

您永远是我的奇迹
我日夜思念的母亲

倘若，有一天
我们在未来碰面
请不要怪罪
天使可能闻不出您身上的香味
因为，一切都太过遥远了
天使的记忆终会消失
我日夜思念的母亲

如果您还认得我
那么就幸福地拥抱天使吧
放心
冰封的灵魂
早已被新生活的太阳照亮
您不用迟疑，更不用愧疚
我日夜思念的母亲

天使所要飞往的地方
正是您的脚步踏过的地方
因为那里有您播撒的春天
无论旅途艰辛生活清贫
我都要把您追寻
我日夜思念的母亲

作者简介

海静，回族，彭阳县第二中学学生。

茹河游子吟

■叶长青

茹河游子吟

春游茹河生态园，见外出创业者于家人挥手相别，依依难舍，场面感人。拟得歌词一首，欲觅曲坛知音，共同赏之。

悠悠茹河水，春来尽朝晖，一往情深恋着你，岸柳含烟垂。桃杏争妍著芳蕊，花谢花又飞，这是为了谁?游子闯南北，寂寞敲心碎。一缕情丝连双泪，望穿秋水待君归。

清清茹河水，梦里千百回，一封家书问起你，惆怅荡心扉。满眼精彩与身违，夜深人不寐，这是为了谁?家乡多妩媚，伊人莫憔悴。一诺千金要面对，天涯海角情相随。

念奴娇·湫渊怀古

华胥履迹，雷泽畔，兆孕人文始祖。朝那湫渊有道是，龙之所居地方。伏羲画卦，女娲补天，人间启鸿蒙。文明隧道，穿越万古风尘。

嬴秦埋石诅楚，横扫六合，大沈久梦醒。锦绣河山成一统，华夏始谓大同。欣逢盛世，湫水悬明镜，浮光耀金。瑶池有意，盼临四海嘉宾。

苏幕遮·春游茹园

艳阳天，绿草地，春色连波，波映西山翠。最是曲桥桥下水，含情脉脉，总把游人醉。　柳丝垂，花绽蕊，小径语脆，尽说茹园美。怡情惹得晚霞飞，春

晖依依，好梦伴君睡。

水调歌头·无量山怀古

悠悠石峡河，青青无量山。阅尽人间沧桑，风雨近千年。遥想天圣景祐，宋室仁宗亲政，元昊西夏建。从此沦边地，烽火久连绵。万民怨，恨难眠，寄佛龛。往事如烟，重整河山看今天。松间佛崖幽静，石上流水潺潺，远山层林染。盛世升平景，国强民福安。

注：无量山石窟位于彭阳县古城镇田庄村石峡河畔，现存两窟25尊佛像。为省级文物保护单位。开凿于北宋天圣十年(1032)和景祐二年(1035)。

喜迁莺·兴学

锦绣彭阳，乃文化之乡，道德家园。东汉太尉[①]，西晋征士[②]，皆曾斯地教贤。文脉传承百代，余庆流芳千年。越明清[③]，学风蔚起，科第蝉联。　看当今杏坛，园丁毓秀，兰蕙绽芳颜。兴学重教，革故鼎新，志枭陋俗旧念。文风乍起桑梓，绝响唱彻天籁。古人云：善教得民心，政之本也[④]。

注：①东汉太尉、安定朝那(今彭阳县古城镇)人皇甫规，居家设馆教书14年，门徒多达300余人，东汉后期的名臣张奂、杨秉、陈蕃等皆从学门下。

②西晋征士、安定朝那(今彭阳县古城镇)人皇甫谧，一生不仕，以著述教授为务，门人挚虞、张轨、牛综、席纯皆为晋名臣。

③越明清，即到了明朝和清朝时期。

④孟子说："善政得民财，善教得民心。"贾谊说："教者，政之本也"。

朝那柳

朝那古柳万丝垂，斑驳躯干五人围。

月挂梢头还依旧，影落溪水几轮回。
新枝飘絮扬天际，老身佝偻接地脉。
孤傲卓立风骨存，荫庇桑梓尽朝晖。

注：在今彭阳县古城镇海口村细沟自然村有一颗古柳，树身得五人合抱，已有数百年历史。现仍枝繁叶茂，长势旺盛，当地人奉为“神树”，特加保护。

朝那行

朝那古城西，千古横萧关。
湫水祖龙居，皇甫旧家园。
丝绸花雨稀，商道驼铃远。
碧血映紫陌，忠魂寄青山。
斯地多才俊，邈然不可攀。
都尉赴国难，玄晏著鸿篇。
万里长征路，伟人宿此间。
任河枪声急，日月换新天。
我到朝那地，谒陵吊英贤。
最是无名碑，让人泪潸然。

萧关天路

盛世坦途萧关过，万里通衢走磅礴。
车流如水渡飞桥，行人谈笑越山河。
秦汉塞愁成旧梦，唐宋征怨付烟萝。
放眼今朝风色动，追忆往昔感慨多。

修志吟

编修纂辑亦苦辛，独守千秋纸上尘。
沧海桑田铸一镜，留与后来持以恒。
秉笔倚耕平生意，甘洒汗水作志人。
霜雪染鬓终无悔，丹青难写是精神。

作者简介

叶长青，笔名不枯草，1963年出生。宁夏中共党史学会（党史人物研究会）、宁夏地方志协会理事，彭阳县皇甫谧文化研究会、老区建设促进会理事。先后编著党史、地方志类书籍10部13本，在各种报刊发表文章200多篇30余万字，部分作品入选或获奖。

阳洼流域秋尽染

■瓮志罡

阳洼流域秋尽染

一望梯田海螺滚，霓裳羽衣飘云中。
条陇黄金铺满地，山坡红叶醉秋风。

杏花闹春

彭阳四月诗意浓，朵朵云霞落山中。
远观红梅近不是，唯有杏花更闹春。

店洼水库

天落一明镜，息息为民生。
菱荷竞相开，鸥鸭结伴行。
青霭羡飞鸟，瀑布慕彩虹。
云蒸霞蔚景，农村气象新。

秋染山乡

田园签署秋尽染，条条彩带绕山峦。
借问美景谁绘就，彭阳人民力胜天。

雁阵天歌

众手播绿朝昔改，水天一色山含黛。
雁阵声声歌天趣，生态文明鹤自来。

古城山川鹤鹭集

万里晴空叠嶂晰，远山参差眼帘低。
一群灰鹤排云上，几只白鹭草丛立。
青峰顶落网络塔，绿屏幕闪霓虹衣。
朝那古城沧桑变，而今湫池风韵奇。

设施农业丰家园

一望高楼落山区，房前屋后葱郁郁。
温棚密布瓜果香，暖棚连营桃李饴。
俊目黄花间辣椒，潋滟碧水捕鲤鱼。
琉璃门楣鸡鸭唱，欣喜新村转富裕。

六盘山

登高瞩目众峰巅，万里苍茫海浪翻。
南据险境萧关道，北控屏障贺兰山。
秦皇汉武巡方略，唐宗宋祖驻跸幡。
更有英雄临风赞，长征路上留华篇。

须弥山

翠云公主芭蕉扇，掀落悟空须弥山。
西游史上留胜迹，东洋典里载教源。

佛仪巍巍正襟坐，石窟簇簇隐林间。

峭壁峻峰松涛吼，丹青难染奇岫岚。

作者简介

瓮志罡，1959 年 8 月生于宁夏固原，中共党员，大学文化，高级政工师。政协宁夏第八届委员会委员，宁夏第七届文代会代表，曾任彭阳县文化局局长、总工会主席、人大教科文卫主任等职。系固原文联作家协会会员，中国乡土作家协会理事。

城阳人家

■赵　辉

城阳人家

春来绿茵发几重，不见村落闻犬声。
登高远眺炊烟处，个个人家杏花中。

无　题

朔风穿谷百草寒，东风新雨生又还。
晚霞若肯化作梯，云路直上亦可攀。

汶川救灾有感

炎黄一脉同血缘，岂忍兄弟受饥寒。
灾降天府无奈何，神州处处是家园。

江南行

江南当日山水闲，清溪野脉雨如烟。
若问此心向何处，桂子飘香又一年。

作者简介

赵辉，笔名关山月，宁夏隆德县联才乡赵楼人，在彭阳县社保局工作。出版诗集《关山月》《韵语天成》《诗香似檀》三部。

咏　桃

■景寿全

咏　桃

静夜问春风，晓来看桃红。
颜色满天下，思慕独在卿。

无　题

岁月去匆匆，弹指人到中。
欲问胸底事，竟夕起翻腾。

秋　思

又是秋风催落霜，漫目芳菲尽苍黄。
万重相思登高望，鸿断天际人断肠。

作者简介

景寿全，1976年7月出生。中共党员，大学学历，现任教于彭阳县职业中学。

茹河生态园

■杨廷武

茹河生态园

夏日观光茹水边，藤萝绕翠染山岚。
蜂迷蝶恋百花醉，燕语莺啼万树喧。
绿水青山惊晓梦，红瓷碧釉映夕烟。
荫梓里巷鸡啄叫，鹤发垂髫绽笑颜。

丰　碑

千军万马过六盘，风骚独领有诗篇。
激扬指点呼星月，气盖山河唤九天。

作者简介

杨廷武，宁夏彭阳人，大学学历，现任职于彭阳县职业中学。作诗词280余首，出版诗集《萧关情》《朝那湫》。

感怀诗

■李占斌

感怀诗

贫庐出世爱无亲，篱寄生息又育身。
长夜梦中慈母泪，多年耳畔老乡音。
有缘千里渡书海，无日半分忘教恩。
举目前程须壮志，耕耘笔下是书生。

壬辰春喜读《玄明斋诗词》

壬辰春，收到北京诗人玄明子先生赠来新著《玄明斋诗词》一册，喜读之，有感而作。

东风送雨意飞扬，喜获盛编急品尝。
劝世良言增智慧，酬朋好句润肝肠。
人间善恶终回报，时代风云见锦章。
剑胆琴心生妙语，真情化作暖春阳。

作者简介

李占斌，1968年出生，彭阳县城阳乡人。1988年参加教育工作，现任教于彭阳县职业中学。有教育教学论文和诗文作品发表于各书刊上。

五峰天秀

■虎维屏

五峰天秀

层峦碧树自天妍，窈窕春窗卷画帘。
细雨轻岚山半亮，朝烟彩影罩梯田。

红军泉

金盘柏影九分田，市井春光石上泉。
入涧横流穿峭壁，红星闪闪照家园。

注：红军泉：红军长征时帮助人民开挖的石泉，在今宁夏彭阳县境内虎家小园子。当年在这里建立了宁夏南部山区最早的地下党支部。

作者简介

虎维屏，1952年10月生于宁夏彭阳县，大专。曾任彭阳县残疾人联合会副主席、理事长等职务。出版诗集《生活中的我》《走进诗的绿洲》。

游挂马沟

■梁宗仁

游挂马沟

晓风成涛黛为浪，晚雨携霞为林裳。
挂马林海眠金鹿，秋蝉却在伴星光。
夹径拦人草木长，红珠金果挂肩旁。
已是东风扫雪时，山鸟犹在忆花香。

五峰山

细雨丝丝桃杏花，南风微微润脸颊。
漫步不记山深浅，最怜足下嫩草芽。
大圣驾云西游去，牡丹今在百姓家。
炊烟绕山欲归去，鸟鸣一路送到家。

朝那怀古

茹河日夜向东流，皇甫老人已远游。
抚山问水不可寻，今人却在说针灸。
中医瑰宝誉全球，是谁把此金针度。
洛阳纸贵成旧梦，朝那城上月如钩。

作者简介

梁宗仁，1969 生于宁夏彭阳。1992 年毕业于宁夏大学中文系。现在彭阳三中任教，中学高级教师。宁夏书法家协会会员。爱好古诗文和书法，有诗歌及散文发表于《固原日报》《彭阳文学》等刊物。

后 记

《彭阳文化丛书》是彭阳建县30年来第一套较为完整的文艺作品集成。编辑工作始于2012年9月,完稿于2013年7月。在不到一年的时间里,编辑们席不暇暖,星夜劳作,终于成书。定稿之日,如释重负,感慨系之。

彭阳古有“东山文化之乡”的美称,历史文化积淀丰厚,地域文化光彩夺目。长期以来,彭阳文艺工作者在对传统文化继承、体验和感悟的同时,加强对现代文化的开发、积累和应用,促使了彭阳文艺工作的蓬勃发展。在党的十七大提出“推动社会主义文化大发展大繁荣”精神的引领下,彭阳文艺工作者自觉坚持“二为”方向、“双百”方针和“三贴近”原则,牢牢把握繁荣先进文化、建设和谐文化主题,自觉担当重任,在演绎彭阳文化的前世今生、古今延续,诠释彭阳文化的开放性、包容性、兼容性、不可替代性和发展当代先进文化上勇于创新,成绩斐然,成果纷呈。《彭阳文化丛书》的编辑出版,便是最有力、最具体的证明。

《彭阳文化丛书》全书共有七卷,分别为小说卷、散文卷、诗歌卷、报告文学卷、文学评论卷、书法卷和美术工艺卷。书中收录的作品大多出自彭阳本土文艺工作者之手,同时也收录了部分区内外著名作家、评论家有关彭阳的文艺作品。作家们通过对彭阳的深情描述、叙写以及书法、绘画的形神兼备,集中地再现了广大文艺工作者在建县30年来不同发展阶段的不同历史情怀。因之,这是一套经典的彭阳之书,一套厚重的彭阳之书,一套值得收藏的彭阳之书。适值彭阳县建县30周年,谨将这套特殊的礼物献给所有关心彭阳、热爱彭阳、建设彭阳、奉献彭阳的人们。

《彭阳文化丛书》的编辑出版，倾注了各级领导的心血和智慧。彭阳县县委书记张国彦、县长赵晓东在百忙中为该书作序，在内容选编上提出了明确要求，并给予了精心指导；县委常委、宣传部部长马文山始终关心丛书的编辑出版，多次组织召开编纂会议，协调解决该丛书编辑中存在的困难和问题，并以序的形式，对该书做了高度的概括和定位；县文联领导既组织协调，又亲身参与具体工作；文联各专业协会成员在丛书稿件收录、编排、校对上全心投入，废寝忘食；宁夏人民出版社责任编辑刘建英、陈浪、管世献和李彦斌等对丛书进行了认真编校、审读；银川天之健文化传媒有限公司相关人员对丛书进行了精心设计、排版。在此，一并表示深切谢意！

对于编者们而言，编辑出版这样一套涵盖彭阳建县30年来优秀的文艺作品丛书是第一次。可以说，编辑《彭阳文化丛书》的过程，也是编者们学习、赏析、推介彭阳文化的延续与拓展的过程。中国作家协会主席、著名作家铁凝曾说："好的文学有能力表现一个民族最富活力的呼吸，有能力传达一个时代最生动、最本质的情绪，有能力呈现一个民族在自己的时代所能达到的最高想象力。"文学作品如此，艺术作品亦如此。《彭阳文化丛书》做到了。然而，由于编者水平有限，这套丛书还远未真正做到客观、全面地反映彭阳文化发展的状况，难掩挂一漏万、"冰山一角"之嫌。尤其在编辑过程中，遇到一些实际问题又不得不进行技术处理，难免留下遗憾的地方，祈望专家和读者指正。

编　者

2013年7月